UNDER COVER
LITERARY AGENTS & SCOUTS

Postfach 60 03 20   D-50683 Köln
Fax: +49 221 972 56 40

Jorge Bucay

El camino de las lágrimas

Jorge Bucay

El camino de las lágrimas

Editorial Sudamericana / DEL NUEVO EXTREMO

> Bucay, Jorge
>   El camino de las lágrimas.- 2ª. ed. 1ª reimp. - Buenos Aires : Sudamericana, 2004.
>   224 p. ; 23x16 cm.- (Autoayuda)
>
>   ISBN 950-07-2547-9
>
>   1. Autoayuda I. Título
>   CDD 158.1

Primera edición: Diciembre de 2001
Vigésimo primera edición y segunda en este formato: Noviembre de 2004

Todos los derechos reservados. Esta publicación no puede ser reproducida, ni en todo ni en parte, ni registrada en, o transmitida por, un sistema de recuperación de información, en ninguna forma ni por ningún medio, sea mecánico, fotoquímico, electrónico, magnético, electroóptico, por fotocopia o cualquier otro, sin permiso previo por escrito de la editorial.

Derechos exclusivos para Uruguay, Argentina, Chile, Paraguay y Bolivia.

IMPRESO EN LA ARGENTINA

Queda hecho el depósito que previene la ley 11.723.
© 2001, Editorial Sudamericana S.A.®
Humberto I 531, Buenos Aires, Argentina.
www.edsudamericana.com.ar

y Editorial Del Nuevo Extremo S.A.
Juncal 4651 C1425BAE, Buenos Aires, Argentina.
Tel./fax: (54 11) 4773-3228 / 8445 Fax: (54 11) 4773-5720
editorial@delnuevoextremo.com
www.delnuevoextremo.com

ISBN 950-07-2547-9

a Moussy
a Susana
a Jay
a Bachi

cuyas ausencias me enseñaron
el camino de las lágrimas

HOJAS DE RUTA

Seguramente hay un rumbo
posiblemente
y de muchas *maneras*
personal y único.

Posiblemente haya un rumbo
seguramente
y de muchas *maneras*
el mismo para todos.

Hay un rumbo seguro
y de alguna manera posible.

De *manera* que habrá que encontrar ese rumbo y empezar a recorrerlo. Y *posiblemente* habrá que arrancar solo y sorprenderse al encontrar, más adelante en el camino, a todos los que *seguramente* van en la misma dirección.

Este rumbo último, solitario, personal y definitivo, sería bueno no olvidarlo, es nuestro puente hacia los demás, el único punto de conexión que nos une irremediablemente al mundo de lo que es.

Llamemos al destino final como cada uno quiera: felicidad, autorrealización, elevación, iluminación, darse cuenta, paz, éxito, cima, o simplemente final... lo mismo da. Todos sabemos que arribar con bien allí es nuestro desafío.

Habrá quienes se pierdan en el trayecto y se condenen a llegar un poco tarde y habrá también quienes encuentren un atajo y se transformen en expertos guías para los demás.

Algunos de estos guías me han enseñado que hay muchas formas de llegar, infinitos accesos, miles de maneras, decenas de rutas que nos llevan por el rumbo correcto. Caminos que transitaremos uno por uno. Sin embargo, hay algunos caminos que forman parte de todas las rutas trazadas.

Caminos que no se pueden esquivar.

Caminos que habrá que recorrer si uno pretende seguir.

Caminos donde aprenderemos lo que es imprescindible saber para acceder al último tramo.

Para mí estos caminos inevitables son cuatro:

> **El primero,** el camino de la aceptación definitiva de la responsabilidad sobre la propia vida, que yo llamo
> **El camino de la Autodependencia**
>
> **El segundo,** el camino del descubrimiento del otro, del amor y del sexo, que llamo
> **El camino del Encuentro**
>
> **El tercero,** el camino de las pérdidas y de los duelos, que llamo
> **El camino de las Lágrimas**
>
> **El cuarto y último,** el camino de la completud y de la búsqueda del sentido, que llamo
> **El camino de la Felicidad.**

A lo largo de mi propio viaje he vivido consultando los apuntes que otros dejaron de sus viajes y he usado parte de mi tiempo en trazar mis propios mapas del recorrido.

Mis mapas de estos cuatro caminos se constituyeron en estos años en hojas de ruta que me ayudaron a retomar el rumbo cada vez que me perdía.

Quizás estas *Hojas de Ruta* puedan servir a algunos de los que, como yo, suelen perder el rumbo, y quizás, también, a aquellos que sean capaces de encontrar atajos. De todas maneras, el mapa nunca es el territorio y habrá que ir corrigiendo el recorrido cada vez que nuestra propia experiencia encuentre un error del cartógrafo. Sólo así llegaremos a la cima.

Ojalá nos encontremos allí.
Querrá decir que ustedes han llegado.
Querrá decir que lo conseguí también yo...

JORGE BUCAY

LA ALEGORÍA DEL CARRUAJE III

Mirando hacia la derecha me sobresalta un movimiento brusco del carruaje.

Miro el camino y me doy cuenta de que estamos transitando por la banquina.
Le grito al cochero que tenga cuidado y él inmediatamente retoma la senda.
No entiendo cómo se ha distraído tanto como para no notar que dejaba la huella.
Quizás se esté poniendo viejo.

Giro mi cabeza hacia la izquierda para hacerle una señal a mi compañero de ruta y dejarle saber que todo está en orden... pero no lo veo.

El sobresalto ahora es intenso, nunca antes nos habíamos perdido en ruta.
Desde que nos encontramos no nos habíamos separado ni por un momento.

Era un pacto sin palabras.
Nos deteníamos si el otro se detenía.
Acelerábamos si el otro apuraba el paso.
Tomábamos juntos el desvío si cualquiera de los dos decidía hacerlo...

Y ahora ha desaparecido.
De repente no está a la vista.

Me asomo infructuosamente observando el camino hacia ambos lados.
No hay caso.
Le pregunto al cochero, y me confiesa que desde hace un rato dormitaba en el pescante. Argumenta que, de tanto andar acompañados, muchas veces alguno de los dos cocheros se dormía por un ratito, confiado en que el otro se haría vigía del camino.
Cuántas veces los caballos mismos dejaban de imponer un ritmo propio para cabalgar al que imponían los caballos del carruaje de al lado.

Éramos como dos personas guiadas por un mismo deseo, como dos individuos con un único intelecto, como dos seres habitando en un solo cuerpo.

Y de repente,
la soledad,
el silencio,
el desconcierto...

¿Se habría accidentado mientras yo distraído no miraba?
Quizás los caballos habían tomado el rumbo equivocado aprovechando que ambos cocheros dormían...
Quizás el carruaje se había adelantado sin siquiera notar nuestra ausencia y proseguía su marcha más adelante en el camino.

Me asomo una vez más por la ventanilla y grito:
—¡¡¡Hola!!!

Espero unos segundos y le repito al silencio:

—¡Hooolaaaa!

Y aun una vez más:
—¿¿¿Dónde estás???

...

Ninguna respuesta.

¿Debería volver a buscarlo...
sería mejor quedarme y esperar que llegue...
o más bien debería acelerar el paso para volver a encontrarlo más adelante?

Hace mucho tiempo que no me planteaba estas decisiones.
Había decidido allá y entonces dejarme llevar a su lado adonde el camino apuntara.

Pero ahora...

El temor de que estuviera extraviado y la preocupación de que algo le haya pasado van dejando lugar a una emoción diferente.

¿Y si hubiera decidido no seguir conmigo?

Después de un tiempo me doy cuenta de que por mucho que lo espere nunca volverá.
Por lo menos no a este lugar.

La opción es seguir o dejarme morir aquí.
Dejarme morir.
Me tienta esa idea.

Desengancho los caballos y le pido al cochero que se apee.
Los miro: carruaje, cochero, caballos, yo mismo...

Así me siento, dividido, perdido, destrozado.
Mis pensamientos por un lado, mis emociones por otro, mi cuerpo por otro, mi alma, mi espíritu, mi conciencia de mí mismo, allí paralizada.

Levanto la vista y miro al camino hacia adelante.
Desde donde estoy, el paisaje parece un pantano.
Unos metros al frente la tierra se vuelve un lodazal.
Cientos de charcos y barriales me muestran que el sendero que sigue es peligroso y resbaladizo...

No es la lluvia lo que ha empapado la tierra.
Son las lágrimas de todos los que pasaron antes
por este camino mientras iban llorando una pérdida.

También las mías, creo... pronto mojarán el sendero...

CAPÍTULO 1. EMPEZANDO EL CAMINO

Así empieza el camino de las lágrimas.
Así, conectándonos con lo doloroso.

Porque así es como se entra en este sendero, con este peso, con esta carga. Y también con esta creencia irremediable: la supuesta conciencia de que no lo voy a soportar. Porque todos pensamos al comenzar este tramo que es insoportable.

No es culpa nuestra; hemos sido entrenados por los más influyentes de nuestros educadores para creer que no soportamos el dolor, que nadie puede superar la muerte de un ser querido, que podríamos morir si la persona amada nos deja, que la tristeza es nefasta y destructiva, que no somos capaces de aguantar ni siquiera un momento el sufrimiento extremo de una pérdida importante.

Y nosotros vivimos así, condicionando nuestra vida con estos pensamientos, que como la mayoría de las creencias aprendidas son una compañía peligrosa y actúan como grandes enemigos que nos empujan a veces a costos mayores que los que supuestamente evitan. En el caso de una pérdida, por ejemplo, pueden extraviarnos de la ruta hacia nuestra liberación definitiva de lo que ya no está.

Hay una historia que dicen que es verídica.
Aparentemente sucedió en algún lugar de África.

Seis mineros trabajaban en un túnel muy profundo extrayendo minerales desde las entrañas de la tierra. De repente un derrumbe los dejó aislados del afuera sellando la salida del túnel. En silencio cada uno miró a los demás. De un vistazo calcularon su situación. Con su experiencia, se dieron cuenta rápidamente de que el gran problema sería el oxígeno. Si hacían todo bien les quedaban unas tres horas de aire, cuando mucho tres horas y media.

Mucha gente de afuera sabría que ellos estaban allí atrapados, pero un derrumbe como este significaría horadar otra vez la mina para llegar a buscarlos, ¿podrían hacerlo antes de que se terminara el aire?

Los expertos mineros decidieron que debían ahorrar todo el oxígeno que pudieran.

Acordaron hacer el menor desgaste físico posible, apagaron las lámparas que llevaban y se tendieron en silencio en el piso.

Enmudecidos por la situación e inmóviles en la oscuridad era difícil calcular el paso del tiempo. Incidentalmente sólo uno de ellos tenía reloj. Hacia él iban todas las preguntas: ¿Cuánto tiempo pasó? ¿Cuánto falta? ¿Y ahora?

El tiempo se estiraba, cada par de minutos parecía una hora, y la desesperación ante cada respuesta agravaba aun más la tensión. El jefe de mineros se dio cuenta de que si seguían así la ansiedad los haría respirar más rápidamente y esto los podía matar. Así que ordenó al que tenía el reloj que solamente él controlara el paso del tiempo. Nadie haría más preguntas, él avisaría a todos cada media hora.

Cumpliendo la orden, el del reloj controlaba su máquina. Y cuando la primera media hora pasó, él dijo "ha pasado media hora". Hubo un murmullo entre ellos y una angustia que se sentía en el aire.

El hombre del reloj se dio cuenta de que a medida que pasaba el tiempo, iba a ser cada vez más terrible comunicarles que el minuto final se acercaba. Sin consultar a nadie decidió que ellos no merecían morirse sufriendo. Así que la próxima vez que les informó la media hora, habían pasado en realidad 45 minutos.

No había manera de notar la diferencia así que nadie siquiera desconfió.

Apoyado en el éxito del engaño la tercera información la dio casi una hora después. Dijo "pasó otra media hora"... Y los cinco creyeron que habían pasado encerrados, en total, una hora y media y todos pensaron en cuán largo se les hacía el tiempo.

Así siguió el del reloj, a cada hora completa les informaba que había pasado media hora.

...La cuadrilla apuraba la tarea de rescate, sabían en qué cámara estaban atrapados, y que sería difícil poder llegar antes de cuatro horas.

Llegaron a las cuatro horas y media. Lo más probable era encontrar a los seis mineros muertos.

Encontraron vivos a cinco de ellos.

Solamente uno había muerto de asfixia... el que tenía el reloj.

Esta es la fuerza que tienen las creencias en nuestras vidas.

Esto es lo que nuestros condicionamientos pueden llegar a hacer de nosotros.

Cada vez que construyamos la certeza de que un hecho irremediablemente siniestro va a pasar, no sabiendo cómo (o sabiéndolo) nos ocuparemos de producir, de buscar, de disparar (o como mínimo de no impedir) que algo de lo terrible y previsto nos pase realmente.

De paso y como en el cuento, el mecanismo funciona también al revés:

Cuando creemos y confiamos en que se puede seguir adelante, nuestras posibilidades de avanzar se multiplican.

Claro que si la cuadrilla hubiera tardado doce horas, no habría habido pensamiento que salvara a los mineros. No digo que la actitud positiva por sí misma sea capaz de conjurar la fatalidad o de evitar las tragedias. Digo que las creencias autodestructivas indudablemente condicionan la manera en la cual enfrento las dificultades.

El cuento de los mineros debería obligarnos a pensar en esos condicionamientos.

Y empiezo desde aquí porque uno de los falsos mitos culturales que aprendimos con nuestra educación es que no estamos preparados para el dolor ni para la pérdida.

Repetimos casi sin pensarlo:

"No hubiera podido seguir si lo perdía"
"No puedo seguir si no tengo esto"
"No podría seguir si no consigo lo otro".

Cuando hablo de dependencia, digo siempre que cuando tenía algunas horas o días de vida, era claro, aunque yo no lo supiera todavía, que no podía sobrevivir sin mi mamá o por lo menos sin alguien que me diera cuidados maternales; mi mamá era entonces imprescindible para mí porque yo no podía vivir sin su existencia. Después de los tres meses de vida seguramente me hice más consciente de esa necesidad pero descubrí además a mi papá, y empecé a darme cuenta de que verdaderamente no podía vivir sin ellos.

Algún tiempo después ya no eran mi papá y mi mamá, era MI familia, que incluía a mi hermano, algunos tíos y alguno de mis abuelos. Yo los amaba profundamente y sentía, me acuerdo de esto, que no podía vivir sin ellos.

Más tarde apareció la escuela, y con ella, la señorita Angeloz, el señor Almejún, la señorita Mariano y el señor Fernández, maestros a quienes creí a su tiempo imprescindibles en mi vida. En la escuela República del Perú conocí a mi primer amigo, el entrañable "Pocho" Valiente, de quien pensé en aquel momento que nunca, nunca, podría separarme. Siguieron después mis amigos de colegio secundario, y Rosita, mi primera novia, sin la cual, por supuesto, creía que no podía vivir. Y después la universidad; pensaba que no podía vivir sin mi carrera.

Hasta que a los 21, después de algunas novias, también imprescindibles, conocí a Perla y sentí inmediatamente que no podía vivir sin ella. Quizás por eso hicimos una familia sin la cual no sabría cómo vivir.

Y así seguí sumando ideas, descubriendo más imprescindibles, mi profesión, algunos amigos, el trabajo, la seguridad económica, el techo propio y aun después, más personas, situaciones y hechos sin los cuales no podía vivir.

Hasta que un día, exactamente el 23 de noviembre de 1979, me di cuenta de que no podía vivir sin mí.

Yo nunca me había dado cuenta de esto, nunca noté que yo era imprescindible para mí mismo.

¿Estúpido, verdad?

Todo el tiempo sabía yo sin quién no podría vivir, y nunca me había dado cuenta, hasta los treinta años, de que sobre todo no podía vivir sin mí.

Fue interesante de todas formas confirmar que sería verdaderamente difícil vivir sin algunas de esas otras cosas y personas, pero esto no cambiaba el nuevo darme cuenta.

> **Me sería imposible vivir sin mí.**

Entonces empecé a pensar que alguna de las cosas que había conseguido y algunas de las personas sin las cuales creía que no podía vivir, quizás un día no estuvieran. Las personas podían decidir irse, no necesariamente morirse, simplemente no estar en mi vida. Las cosas podían cambiar y las situaciones podían volverse totalmente opuestas a como yo las había conocido. Y empecé a saber que debía aprender a prepararme para pasar por esas pérdidas.

Por supuesto que no es igual que alguien se vaya a que ese alguien se muera. Seguramente no es lo mismo mudarse de una casa peor a una casa mejor, que al revés. Claro que no es lo mismo cambiar un auto todo desvencijado por un auto nuevo, que a la inversa.

Es obvio que la vivencia de pérdida no es la misma en ninguno de estos ejemplos, pero quiero decir desde el comienzo que siempre hay un dolor en una pérdida.

Perder es dejar algo "que era", para entrar en otro lugar donde hay otra cosa "que es". Y esto "que es" no es lo mismo "que era".

Y este cambio, sea interno o externo, conlleva un proceso de elaboración de lo diferente, una adaptación a lo nuevo, aunque sea para mejor.

Este proceso se conoce con el nombre de "elaboración del duelo".

MEJORAR TAMBIÉN ES PERDER

Como su nombre lo indica, los duelos... duelen. Y no se puede evitar que duelan.

Quiero decir, el hecho concreto de pensar que voy hacia algo mejor que aquello que dejé es muchas veces un excelente premio consuelo, que de alguna manera compensa con la alegría <u>de esto que vivo</u> el dolor que causa lo perdido. Pero atención:

COMPENSA pero no EVITA,

APLACA pero no CANCELA,

ANIMA a seguir pero no ANULA la pena.

Siempre me acuerdo del día que dejé mi primer consultorio.

Era un departamentito alquilado realmente rasposo, de un solo ambiente chiquitito, oscuro, interno, bastante desagradable. A veces digo que no soy psicoanalista porque el paciente acostado no entraba en ese consultorio, había que estar sentado.

Y un día, cuando me empezó a ir mejor, decidí dejar ese departamento, para irme a un consultorio más grande, de dos ambientes, mejor ubicado.

Para mí era un salto impresionante.

Y sin embargo, dejar ese consultorio, donde yo había empezado, dejar ese primer consultorio que tuve me costó muchísimo. Si no hubiera sido por mi hermano Cacho que vino a ayudarme a sacar las cosas, me habría quedado sentado, como estaba cuando él llegó, mirando las paredes, mirando los techos, mirando las grietas del baño, mirando el calefón eléctrico... porque no hubiera podido ni empezar a poner las cosas en los canastos.

Y aun cuando Cacho llegó me acuerdo que me dijo:

—¿Qué pasa?

—No, nada... —dije yo— lo estoy haciendo despacito —y mi hermano me dijo:

—Dejate de hinchar, que tengo la camioneta ahí abajo.

Él me había venido a ayudar, y empezó a descolgar los cuadros y a ponerlos en el piso, y yo decía:

—No, este dejalo para lo último...

Y él sacaba y yo ponía...

Así durante largas horas para poder dejar ese lugar y partir hacia algo mejor, hacia el lugar que había elegido para mi futuro y para mi comodidad...

Lo increíble es que yo lo sabía y lo tenía muy presente, pero esto no evitaba el dolor de pensar en aquello que dejaba.

Las cosas que uno deja siempre tienen que elaborarse.

Siempre tiene uno que dejar atrás las cosas que ya no están aquí, aun cuando de alguna forma sigan estando... (?)

Quiero decir, hace 26 años que estoy casado con mi esposa, yo sé que ella es siempre la misma, tiene el mismo nombre, el mismo apellido, la puedo reconocer, se parece bastante a aquella que era, pero también sé que no es la misma.

Desde muchos ángulos es totalmente otra.

Por supuesto que físicamente hemos cambiado ambos (yo más que ella), pero más allá de eso cuando pienso en aquella Perla que Perla era, de alguna manera se me confronta con esta que hoy es. Y en las más de las cosas me parece que esta me gusta mucho más que la otra. Y digo, es fantástica esta Perla comparada con aquélla, es maravilloso darse cuenta de cuánto ha crecido, es espectacular; pero esto no quiere decir que yo no haya tenido que hacer un duelo por aquella Perla que fue. Y fíjense que no estoy hablando de la muerte de nadie, ni del abandono de nadie, simplemente estoy hablando de alguien que era de una manera y que hoy es de otra.

Que el presente sea aun mejor que el pasado no quiere decir que yo no tenga que elaborar el duelo.

EL MAPA NO ES EL TERRITORIO

Hay que aprender a recorrer este camino, que es el camino de las pérdidas, hay que aprender a sanar estas heridas que se producen cuando algo cambia, cuando el otro parte, cuando la situación se acaba, cuando ya no tengo aquello que tenía o creía que tenía o cuando me doy cuenta de que nunca tendré lo que esperaba tener algún día (y ni siquiera es importante si verdaderamente lo tuve o no).

Este sendero tiene sus reglas, tiene sus pautas. Este camino tiene sus mapas, y conocerlos ayudará seguramente a llegar más entero al final del recorrido.

Un ingeniero que se llamaba Korzybski decía que en realidad todos construimos una especie de esquema del mundo en el que habitamos, un "mapa" del territorio y en él, vivimos. Pero el mapa, aclara bien Korzybski, no es el territorio.

El mapa es apenas <u>nuestro</u> mapa. Es la idea que <u>nosotros</u> tenemos de cómo es la realidad, aunque muchas veces esté teñida por nuestros prejuicios. Aunque no se corresponda exactamente con los hechos, es en ESE mapa donde vivimos.

No vivimos en la realidad sino en nuestra imagen de ella.

Si en mi mapa tengo registrado que aquí en mi cuarto hay un árbol, aunque no lo haya, aunque nunca haya existido, aunque el árbol no esté en el de ustedes y todos pasen por ese lugar sin miedos ni registro alguno, yo voy a vivir esquivando este árbol por el resto de mi vida.

Y cuando me vean esquivar el tronco ustedes me van a decir:

—¿Qué hacés, estás loco?

Y yo voy a pensar "los locos son ustedes".

Desde afuera de mi mapa esta conducta puede parecer estúpida y hasta graciosa, en los hechos puede resultar bastante peligrosa.

Dicen que una vez un borracho caminaba distraído por un campo.

De pronto vio que se le venían encima dos toros, uno era verdadero y el otro imaginario.

El tipo salió corriendo para escapar de ambos hasta que consiguió llegar a un lugar donde vio dos enormes árboles.

Un árbol era también imaginario pero el otro por suerte era verdadero.

Borracho como estaba, el pobre desgraciado trató de subirse al árbol imaginario y lo agarró el toro real...
Y por supuesto... colorín... colorado.

Es decir, depende de cómo haya trazado este mapa de mi vida, depende del lugar que ocupa cada cosa en mi esquema, depende de las creencias que configuran mi ruta, así voy a transitar el proceso de la pérdida. Un camino que empieza cuando sucede o cuando me doy cuenta de una pérdida, y termina cuando esa pérdida ha sido superada.

No se puede hablar de duelos y de pérdidas desconociendo el pequeño malestar que nos producen estos temas. De alguna manera un malestar que vale la pena en el sentido de aprender algunas cosas o revisar algunas otras, para sistematizar lo que todos sabemos. Nada de lo que escriba acá será extraño o misterioso para los que lo lean. De una o de otra manera todos hemos visto, hemos pasado, hemos sentido o hemos estado cerca de lo que otros sentían en relación a un dolor.

La mala noticia para los que leen esto es a la vez una afortunada situación para mí, porque yo sé que pensar en la muerte de un ser querido es una cosa para quien lo ha vivido y otra para quien solamente habla de ello. Por mucho que yo haya leído sobre esto, por mucho que yo haya visto sufrir a otros, por mucho que yo haya acompañado a otros, siento que es casi insolente escribir del tema sin haber pasado por ese lugar, sin haberlo padecido personalmente. Yo sé que en este punto la experiencia de lo vivido y padecido enseña de verdad mucho más, muchísimo más, que todo lo que cualquiera pueda leer.

PÉRDIDAS INEVITABLES

Este libro no habla sólo de la muerte de seres queridos. A lo largo de nuestras vidas las pérdidas constituyen un fenómeno mucho más amplio y, para bien o para mal, universal. Perdemos no sólo a través de la muerte sino también siendo abandonados, cambiando, siguiendo adelante. Nuestras pérdidas incluyen también las renuncias conscientes o inconscientes de nuestros sueños románticos, la cancelación de nuestras esperanzas irrealizables, nuestras ilusiones de libertad, de poder y de seguridad, así como la pérdida de nuestra juventud, aquella irreverente individualidad que se creía para siempre ajena a las arrugas, invulnerable e inmortal.

Pérdidas que al decir de Judith Viorst nos acompañan toda una vida, pérdidas necesarias, pérdidas que aparecerán cuando nos enfrentemos no sólo con la muerte de alguien querido, no sólo con un revés material, no sólo con las partes de nosotros mismos que desaparecieron, sino con hechos ineludibles como...

que nuestra madre va a dejarnos y nosotros vamos a dejarla a ella;
que el amor de nuestros padres nunca será exclusivamente para nosotros;
que aquello que nos hiere no siempre puede ser remediado con besos;
que, esencialmente, estamos aquí solos;
que tendremos que aceptar el amor mezclado con el odio y lo bueno con lo malo;
que a pesar de ser como se esperaba que sea, una chica no podrá casarse con su padre;
que algunas de nuestras elecciones están limitadas por nuestra anatomía;
que existen defectos y conflictos en todas las relaciones humanas;

que nuestra condición en este mundo es implacablemente pasajera;
que no importa cuán listos seamos, a veces nos toca perder,
y que somos tremendamente incapaces de ofrecer a nuestros seres queridos o a nosotros mismos la protección necesaria contra el peligro, contra el dolor, contra el tiempo perdido, contra la vejez y contra la muerte.

Estas pérdidas forman parte de nuestra vida, son constantes universales e insoslayables. Y son pérdidas necesarias porque crecemos a través de ellas.

De hecho, somos quienes somos gracias a todo lo perdido y a cómo nos hemos conducido frente a esas pérdidas.

Por supuesto que trazar este mapa nos pone en un clima diferente del que alguno de ustedes encontraron recorriendo el de la autodependencia o el del encuentro. El clima de aquéllos era el clima de descubrirse uno mismo, de descubrir el disfrute, de ser lo que uno es junto a otros. Pero hablar de la elaboración del duelo no parece un tema que nos remonte al disfrute, que nos remonte a la alegría, es un tema que tiene una arista que conecta, por supuesto, con el dolor.

Este camino, el de las lágrimas, enseña a aceptar el vínculo vital que existe entre las pérdidas y las adquisiciones. Este camino señala que debemos renunciar a lo que ya no está, y que eso es madurar. Asumiremos al recorrerlo que las pérdidas tienden a ser problemáticas y dolorosas, pero sólo a través de ellas nos convertimos en seres humanos plenamente desarrollados.

Para empezar por algún lado, el tema de las pérdidas es el de la elaboración del duelo. Y esto nos abre a dos conceptos:

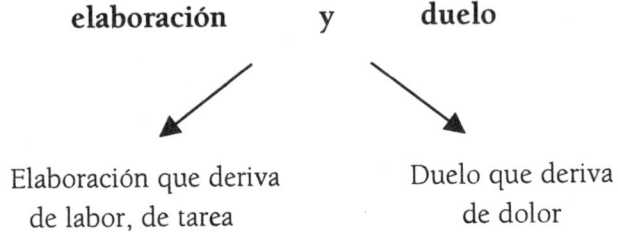

Elaboración que deriva   Duelo que deriva
de labor, de tarea   de dolor

Como dice Sigmund Freud en *Melancolía y duelo*, la elaboración del duelo es un trabajo... un trabajo. El trabajo de aceptar la nueva realidad.

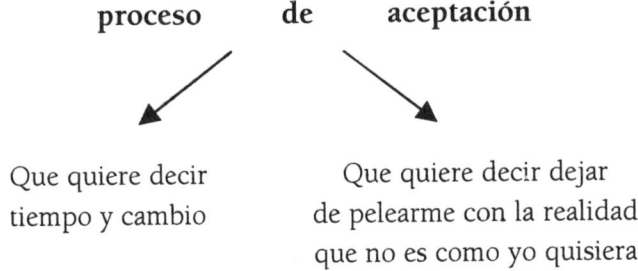

Que quiere decir   Que quiere decir dejar
tiempo y cambio   de pelearme con la realidad
                                         que no es como yo quisiera

EL CICLO DE LA EXPERIENCIA

Todas las pérdidas son diferentes.
No se pueden poner en la misma bolsa y analizarlas desde el mismo lugar.
Y sin embargo, desde el punto de vista psicológico, la diferencia tendrá que ver con la dificultad para hacer ese trabajo, pero el proceso del duelo es más o menos equivalente en una separación, en una pérdida material o en una muerte.

El proceso de aceptación empieza, como todos, en la retirada.

Retirada es el lugar donde yo estoy aislado de lo que todavía no pasó, o de algo que está pasando y de lo que todavía no me enteré, un estímulo que está afuera, sin ninguna relación conmigo por el momento.

Si estoy por entrar en una reunión donde hay gente que no conozco, la situación de retirada se establece antes de entrar, quizás todavía antes de viajar hacia la reunión.

Cuando llego me enfrento con la situación de la gente reunida. Agradable o desagradable, tengo una sensación. Esto es: siento algo.

Mis sentidos me informan cosas. Veo la gente, siento los ruidos, alguien se acerca. Tengo sensaciones, olfativas, auditivas, visuales, corporales, quizás me tiembla un poco el cuerpo y estoy transpirando.

Después de las sensaciones "me doy cuenta", tomo conciencia de lo que pasa. Esto es, analizando las sensaciones deduzco que la reunión es de etiqueta, que hay muchísima gente y me digo: "Uy, algunos me miran". Me doy cuenta de lo que está pasando, de qué es esto que está estimulando mis sentidos.

Después de que me doy cuenta o tomo conciencia de lo que pasa se movilizan mis emociones. Siento un montón de cosas, pero no ya desde los sentidos, oídos, ojos, boca. No. Empiezo a sentir que me asusta, me gusta o me angustia. Siento placer, inquietud y excitación. Siento miedo, ganas, deseo, placer de verlos o temor por el resultado del encuentro.

Emociones que bullen dentro mío. Emociones que se transformarán en acción.

La palabra emoción es una palabra interesante, viene de moción que significa movimiento (a pesar de que la asociamos solamente con algo vivencial e interno) porque la emoción es lo que precede al movimiento. La emoción prepara el cuerpo para la acción.

Pero la emoción sólo es la mitad del proceso. La otra mitad es la acción. Así que lo que hago enseguida es cargarme de energía, de potencia, de ganas. Me asusto y me voy, me quedo y empiezo a hablar, hablo por allí o acá, decido contar mis emociones, o no contarlas y esconderlas, o disimularlas o cualquier otra acción.

Entonces es el momento del contacto, el punto clave. Contacto es la posibilidad de establecer una relación concreta con el estímulo de afuera.

No sólo tengo sensaciones, me doy cuenta, movilizo y actúo, sino que además <u>vivo</u>, me comprometo con la situación en la cual estoy inmerso; eso es establecer el contacto.

Y después de estar en contacto un tiempo, por preservación, por salud, por agotamiento del ciclo, hago una despedida e inicio una nueva retirada.

Otra vez me alejo para quedarme conmigo y para volver a empezar.

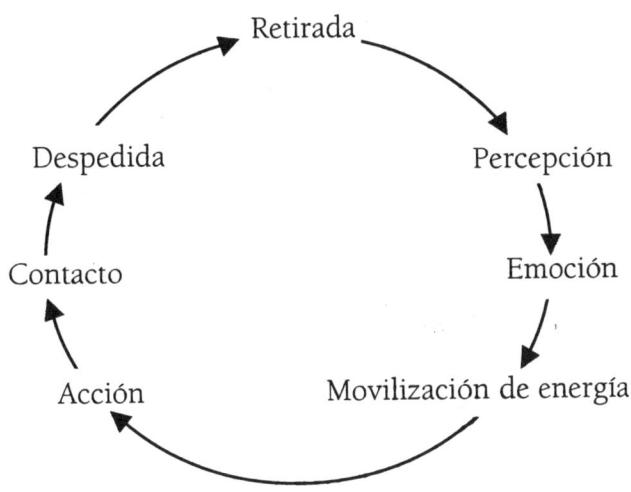

Pensemos en el ejemplo de un pintor con un cuadro.

El pintor se para frente a la tela blanca y tiene la sensación de la blancura de esa tela. Y se da cuenta del vacío que tiene enfrente. Y entonces empieza a ponerse de alguna manera consciente de que hay algo para hacer y moviliza sus emociones, empieza a sentir cosas frente a esta tela en blanco y el deseo de pintar. Y entonces hace algo, actúa, toma un pincel con pintura y una espátula, se acerca a la tela y pinta sobre ella, que es la transformación en acción de una emoción que sentía. Y después de dar cuatro o cinco pinceladas se detiene, da unos tres pasos atrás y mira. Este es el nuevo momento de la retirada. Cuando se retira y mira, se da cuenta, percibe lo que ve, tiene la sensación de lo que está en la pintura, y después se da cuenta de cómo está esto y tiene otra vez este caudal de emociones, tiene otra vez conciencia de lo que ve y otra vez siente, y otra vez esta sensación se transforma en una acción y se acerca otra vez al pincel y vuelve a pintar y vuelve a retroceder.

Toda mi vida está signada por momentos donde yo desde estar lejos y aislado tengo sensaciones, me doy cuenta de lo que siento, se movilizan mis emociones y con energía transformo esas emociones en acción. Son esas acciones las que me ponen en contacto con la cosa, la vivo, y cuando la situación se agota o se modifica con mi intervención, o cuando yo me agoto de la vivencia, me retiro otra vez pero no en el sentido de irme, sino para volver a recomenzar el ciclo.

Este pequeño esquema, quizás demasiado técnico, es la base de lo que significa la actitud experiencial ante la vida; lo explico para poder decir que el proceso del duelo no es ni más ni menos que una prolongación de esto mismo.

El camino de las lágrimas es el sendero de aprender a recorrer este ciclo sin interrupciones, sin estancamientos, sin desvíos.

En la elaboración del duelo el estímulo percibido desde la situación de retirada es la pérdida. A veces de inmediato y otras no tanto me doy cuenta de lo que está pasando, he perdido esto que tenía o creía que tenía. Y siento. Se articulan en mis sentidos un montón de cosas, no mis emociones todavía, sino <u>mis sentidos</u>. Y luego, frente a esta historia de impresiones negativas o desagradables, me doy cuenta cabal de lo que pasó.

Aparecen y me invaden ahora sí un montón de emociones diferentes y a veces contradictorias. Transformar en acciones estas emociones me permitirá la conciencia verdadera de la ausencia de lo que ya no está. Y es la toma de conciencia de lo ausente, el contacto con la temida ausencia lo que me permitirá luego la aceptación de la nueva realidad, un definitivo darme cuenta antes de la vuelta a mí mismo.

Me gustaría compartir con vos mi versión de un cuento que me llegó hace algunos años de manos de un paciente.

Martín había vivido gran parte de su vida con intensidad y gozo.

De alguna manera su intuición lo había guiado cuando su inteligencia fallaba en mostrarle el mejor camino.

Casi todo el tiempo se sentía en paz y feliz; ensombrecía su ánimo, algunas veces, esa sensación de estar demasiado en función de sí mismo.

Él había aprendido a hacerse cargo de sí y se amaba suficientemente como para intentar procurarse las mejores cosas. Sabía que hacía todo lo posible para cuidarse de no dañar a los demás, especialmente a aquellos de sus afectos. Quizás por eso le dolían tanto los señalamientos injustos, la envidia de los otros o las acusaciones de egoísta que recogía demasiado frecuentemente de boca de extraños y conocidos.

¿Alcanzaba para darle significado a su vida la búsqueda de su propio placer?

¿Soportaba él mismo definirse como un hedonista centrando su existencia en su satisfacción individual?

¿Cómo armonizar estos sentimientos de goce personal con sus concepciones éticas, con sus creencias religiosas, con todo lo que había aprendido de sus mayores?

¿Qué sentido tenía una vida que sólo se significaba a sí misma?

Ese día, más que otros, esos pensamientos lo abrumaron.

Quizás debía irse. Partir. Dejar lo que tenía en manos de los otros.

Repartir lo cosechado y dejarlo de legado para, aunque sea en ausencia, ser en los demás un buen recuerdo.

En otro país, en otro pueblo, en otro lugar, con otra gente, podría empezar de nuevo. Una vida diferente, una vida de servicio a los demás, una vida solidaria.

Debía tomarse el tiempo de reflexionar sobre su presente y sobre su futuro.

Martín puso unas pocas cosas en su mochila y partió en dirección al monte.

Le habían contado del silencio de la cima y de cómo la vista del valle fértil ayudaba a poner en orden los pensamientos de quien hasta allí llegaba.

En el punto más alto del monte giró para mirar su ciudad quizás por última vez.

Atardecía y el poblado se veía hermoso desde allí.

—Por un peso te alquilo el catalejo.

Era la voz de un viejo que apareció desde la nada con un pequeño telescopio plegable entre sus manos y que ahora le ofrecía con una mano mientras con la otra tendida hacia arriba reclamaba su moneda.

Martín encontró en su bolsillo la moneda buscada y se la dio al viejo que desplegó el catalejo y se lo alcanzó.

Después de un rato de mirar consiguió ubicar su barrio, la plaza y hasta la escuela frente a ella.

Algo le llamó la atención. Un punto dorado brillaba intensamente en el patio del antiguo edificio.

Martín separó sus ojos del lente, parpadeó algunas veces y volvió a mirar. El punto dorado seguía allí.

—Qué raro —exclamó Martín sin darse cuenta de que hablaba en voz alta.

—¿Qué es lo raro? —preguntó el viejo.

—El punto brillante —dijo Martín— ahí en el patio de la escuela —siguió, alcanzándole al viejo el telescopio para que viera lo que él veía.

—Son huellas —dijo el anciano.

—¿Qué huellas? —preguntó Martín.

—Te acordás de aquel día... debías tener siete años; tu amigo de la infancia, Javier, lloraba desconsolado en ese patio de la escuela. Su madre le había dado unas monedas para comprar un lápiz para el primer día de clases. Él había perdido el dinero y lloraba a mares —contestó el viejo. Y después de una pausa siguió—: ¿Te acordás de lo que hiciste? Tenías un lápiz nuevito que estrenarías ese día. Te arrimaste al portón de entrada y cortaste el lápiz en dos partes iguales, sacaste punta a la mitad cortada y le diste el nuevo lápiz a Javier.

—No me acordaba —dijo Martín—. Pero eso ¿qué tiene que ver con el punto brillante?

—Javier nunca olvidó ese gesto y ese recuerdo se volvió importante en su vida.

—¿Y?

—Hay acciones en la vida de uno que dejan huellas en la vida de otros —explicó el viejo—, las acciones que contribuyen al desarrollo de los demás quedan marcadas como huellas doradas...

Volvió a mirar por el telescopio y vio otro punto brillante en la vereda a la salida del colegio.

—Ese es el día que saliste a defender a Pancho, ¿te acordás? Volviste a casa con un ojo morado y un bolsillo del guardapolvo arrancado.

Martín miraba la ciudad.

—Ese que está ahí en el centro —siguió el viejo— es el trabajo que le conseguiste a Don Pedro cuando lo despidieron de la fábrica... y el otro, el de la derecha, es la huella de aquella vez que juntaste el dinero *que hacía falta para la operación del hijo de Ramírez... las huellas esas que salen a la izquierda son de cuando volviste del viaje porque la madre de tu amigo Juan había muerto y quisiste estar con él.*

Apartó la vista del telescopio y sin necesidad de él empezó a ver cómo miles de puntos dorados aparecían desparramados por toda la ciudad.

Al terminar de ocultarse el sol, todo el pueblo parecía iluminado por sus huellas doradas.

Martín sintió que podía regresar sereno a su casa.
Su vida comenzaba, de nuevo, desde un lugar distinto.

CAPÍTULO 2. UN CAMINO NECESARIO

*El Dios en quien yo creo no nos manda el
problema, sino la fuerza para sobrellevarlo.*

HAROLD S. KUSHNER

¿Qué nos viene a la cabeza cuando vemos la palabra escrita aquí abajo?

Pérdida

No importa desacordar en la pertinencia de cada término de la lista de asociaciones que sigue, porque algunas cosas son pertinentes sólo para quien las dice, pero lo cierto es que cada vez que hago la pregunta las palabras que aparecen relacionadas con la pérdida son casi siempre las mismas:

muerte,
desolación,
vacío,
ausencia,
dolor,
bronca,
impotencia,
angustia,
eternidad,

soledad,
miedo,
tristeza,
irreversibilidad,
desconcierto,
nostalgia,
desesperación,
autorreproche,
llanto,
sufrimiento.

Y yo creo que dando nada más que un vistazo podríamos entender todo lo odioso que resulta cada pérdida a nuestro corazón. Porque fíjense aunque sea por un minuto en este listado de palabras. Todos quisiéramos erradicar esta lista de nuestro diccionario. Sólo con estas palabras cada uno puede conectarse internamente con toda la presencia de las cosas que quisiéramos no encontrar jamás en nuestro camino y hasta (si pudiéramos elegir) intentaríamos evitar permanentemente del camino de los que amamos.

Y sin embargo lo que yo quiero tratar de demostrar es que estas son las cosas que han hecho de nosotros esto que somos. Estas emociones, estas vivencias, estas palabras sentidas y no solamente pronunciadas, son las responsables de nuestra forma de ser. Porque somos el resultado de nuestro crecimiento y desarrollo y éstos dependen de nuestros duelos. Estas experiencias son necesarias para determinar nuestra manera de ser en el mundo.

Nadie puede evolucionar sin dolor, nadie puede crecer si no ha experimentado antes en sí mismo gran parte de las emociones y sensaciones que definen las palabras de la lista.

¿Eso qué quiere decir, que hace falta sufrir para poder crecer?

¿Estamos diciendo que hace falta conectarse con el vacío interno para poder sentirse adulto?

¿Tengo que haber pensado en la muerte para seguir mi camino?

Digo yo que sí.

Creo sinceramente que hace falta cada una de estas cosas para llegar a la autorrealización.

La lista describe en buena medida parte del proceso NORMAL de la elaboración del duelo, y dado que estas experiencias son imprescindibles los duelos son parte de nuestro crecimiento.

De ninguna de estas palabras yo podría decir "Ésta no debería estar, esto es anormal, aquello forma parte de lo enfermizo o patológico".

Puede ser que en un momento alguien tenga un duelo menos denso, no tan complicado, un proceso que no se desarrolle con tanto sufrimiento ni tanta angustia... puede ser. Pero también podría suceder que otra persona o esa misma en otro momento, transite un duelo que incluya todas estas cosas y algunas más.

Este libro quizás dispare algunos recuerdos y desde allí movilice algunas cosas personales, quizás algunos eventos no del todo resueltos, de hecho lo produce en mí el mero hecho de escribirlo. Por eso es que, más que otras veces, te pido que te sientas con derecho a disentir, que te permitas decir "no estoy de acuerdo" o "yo creo justo lo contrario", que te animes a pensar que soy un idiota o putearme por sostener esto que digo.

No te dejes tentar por el lugar común de pensar que si lo dice el libro entonces esto es lo que "se debe" o "no se debe" sentir, porque un duelo siempre es algo personal y siempre lo va a ser.

Tomemos algunos miles de personas y pintémosles de tinta negra los pulgares. Pidámosles después que dejen su huella en las paredes. Cada una de las manchas será diferente, no habrá dos iguales porque no hay dos personas con huellas dactilares idénticas. Sin embargo... todas tendrán características similares que nos permitan estudiarlas y saber más de ellas.

Cada uno de nuestros duelos es único y además irrepetible y, sin embargo, se parece a todos los otros duelos propios y ajenos en ciertos puntos que son comunes y nos ayudarán a entenderlos.

Una de estas cosas en común que quiero empezar señalando es

que ayudar en un duelo, cualquiera sea su causa, implica conectar a quien lo padece con el permiso de expresar sus emociones, cualesquiera que sean.

Todos los terapeutas del mundo (que disentimos en casi todo) estamos de acuerdo en que la posibilidad de encontrar una forma de expresión de las vivencias internas ayudará a quienes están transitando por este camino a aliviar su dolor.

EL DESAFÍO DE LA PÉRDIDA

Para entender la dificultad que significa enfrentarse con una pérdida nos importa entender qué es una pérdida. Cuando, como siempre, busqué en el diccionario etimológico el origen de la palabra, me sorprendió encontrar que pérdida viene de la unión del prefijo *per*, que quiere decir al extremo, superlativamente, por completo, y de *der*, que es un antecesor de nuestro verbo dar. Y partiendo de esto pensé que la etimología me obligaba a pensar en la pérdida como la sensación que tiene quien siente que ha dado todo a alguien o a algo que ya no está.

¿La palabra pérdida tiene que ver con haber dado lo máximo?

Y entonces pensé:

"No, no puede ser. ¿Dónde está el error? Porque cuando uno da, en general no siente la pérdida, en todo caso lo perdido es lo que alguien, la vida o las circunstancias te sacan".

Y me acordaba de Nasrudím...

Él anda por el pueblo diciendo:

—He perdido la mula, he perdido la mula, estoy desesperado, ya no puedo vivir.

—No puedo vivir si no encuentro mi mula.

—Aquel que encuentre mi mula va a recibir como recompensa: mi mula.

Y la gente a su paso le grita:

—Estás loco, totalmente loco, ¿perdiste la mula y ofreces como recompensa la propia mula?

Y él contesta:

—Sí, porque a mí me molesta no tenerla, pero mucho más me molesta haberla perdido.

Porque el dolor de la pérdida no tiene tanto que ver con el no tener, como con la situación concreta del mal manejo de mi impotencia, con lo que el afuera se ha quedado, con esa carencia de algo que yo, por el momento al menos, no hubiera querido que se llevara.

Quizás, pienso ahora, AHÍ ESTÁ LA BASE ETIMOLÓGICA de la palabra.

La pérdida nos habla de conceder mucho más de lo que estoy dispuesto a dar.

Quizás en el fondo yo nunca quiero desprenderme totalmente de nada, y la vivencia de lo perdido es tema del "ya no más". Un "ya no más" impuesto, que no depende de mi decisión ni de mi capacidad. Así que este dolor del duelo es entonces la renuncia forzada a algo que hubiera preferido seguir teniendo.

¿Pero cómo podría evitarlo?

Ya vimos que las emociones redundan en que yo me prepare para la acción. Y esta acción de alguna manera me va a conectar con el estímulo. Aunque conexión también puede querer decir salir corriendo, porque conectarse quiere decir ESTAR en sintonía con lo que está pasando. Dicho de otra manera, hay una relación entre lo que hago, lo que siento, lo que percibí y el estímulo original.

Esta respuesta (MI respuesta) me conecta DURANTE UN TIEMPO con la situación y la modifica (aunque más no sea, en mi manera de percibir el estímulo).

La conexión, en el mejor de los casos, llegado un momento se agota, se termina, pierde vigencia y entonces vuelvo a estar en reposo.

Este ciclo, que como dijimos se llama ciclo de la experiencia, se reproduce en cada una de las situaciones, minuto tras minuto, instante tras instante, día tras día de nuestras vidas. También cuando este estímulo es la muerte de alguien. Lo que me pasa a mí en este caso recorre exactamente el mismo circuito: percibo la situación del afuera, me conecto con una determinada emoción, movilizo una energía, que se va a tener que transformar en acción para que establezca contacto con esa situación concreta, hasta que esa situación se agote y vuelva al reposo.

De lo que vamos a hablar es acerca de cómo esta elaboración se da, no sólo frente a la muerte de alguien, sino en muchas otras pérdidas, de la enfermiza conexión que no se agota, del apego y del desapego.

PÉRDIDAS GRANDES Y PEQUEÑAS PÉRDIDAS

Cada pérdida, por pequeña que sea, implica la necesidad de hacer una elaboración; no sólo las grandes pérdidas generan duelos sino que, repito, TODA pérdida lo implica. Por supuesto que las grandes pérdidas generan comúnmente duelos más difíciles, pero las pequeñas también implican dolor y trabajo.

Un trabajo que hay que hacer, que no sucede solo.

Una tarea que casi nunca transcurre espontáneamente, conmigo como espectador.

Si bien hay cierta parte que ocurre naturalmente, la elaboración implica como mínimo cierta concientización, un darme cuenta y un hacer lo que debo.

Un camino no por elegido y necesario forzosamente placentero.

Como ya está dicho, un camino doloroso.

"Bueno, pero no hay que ser dramático, ¿por qué tendría que estar pensando que me voy a separar de las cosas? Podría haber y de hecho hay muchas cosas que tomo para toda la vida. A ellas puedo aferrarme tranquilo porque estarán a mi lado hasta mi último minuto, porque yo he decidido que estén conmigo para siempre."

Respuesta:

¡MENTIRAS!

Este es el primero de los aprendizajes del ser adultos.

Me guste o no, voy a ser abandonado por cada persona, por cada cosa, por cada situación, por cada etapa, por cada idea, tarde o temprano, pero inevitablemente.

Y si así no fuera, si yo me muriera antes de que me dejen y no quiero aceptar que de todas maneras todo seguirá sin mí, deberé admitir que seré yo el que abandona y sería innoble no estar alerta, para no retener, para no atrapar, para no apegar, para no encerrar, para no mentir falsas eternidades incumplibles.

¿Cuánto puedo yo disfrutar de algo si estoy cuidando que nada ni nadie me lo arrebate?

Supongamos que esta estatuita en tu escritorio, ese adorno o aquel cenicero están hechos de un material cálido y hermoso al tacto.

De paso, estamos tan poco acostumbrados a registrar táctilmente las cosas que el ejemplo suena impertinente, tenemos muy poca cultura en el mundo sobre la importancia del sentido del tacto, uno puede encontrar en los negocios de regalos de todo el mundo objetos para satisfacer la vista y el oído, dulces y alimentos para satisfacer el gusto, perfumes y otras cosas para satisfacer el olfato, todo se vende, pero casi no hay cosas a la venta para disfrutar con el tacto. Es una cosa particular, no hay una cultura táctil, como si las manos sólo sirvieran para sostener, agarrar, pegarle a otro o cuando mucho acariciar, pero no hay buen registro del placer de lo táctil.

Vamos a imaginar que esa estatuilla es, pues, una de las pocas cosas diseñadas para ser agradables al tacto.

Supongamos ahora que yo la agarro porque me parece que alguien me la quiere sacar. La aprieto muy fuerte para evitar que me la quite. Es muy probable que yo retenga el objeto, pero dos cosas van a pasar: la primera es que se acabó el placer, no hay ninguna posibilidad de que yo disfrute táctilmente lo que defiendo (pruébenlo ahora, pongan algo fuertemente entre sus manos y aprieten. Fíjense que no pueden percibir cómo es al tacto. Lo único que pueden percibir es que están agarrando, que están tratando de evitar que esto se pierda).

La segunda cosa que va a pasar cuando retengo, es el dolor (sigan aferrando el objeto con fuerza para que nadie pueda quitárselo y vean lo que sigue). Lo que sigue a aferrarse siempre es el dolor. El dolor de la mano cerrada, el dolor de una mano apretada que obtiene un único placer posible, el placer del que no ha perdido, el único placer que tiene la vanidad, el de haber vencido a quien me lo quería sacar, el placer de "ganar". Pero ningún placer que provenga de mi relación con el objeto en sí mismo.

Esto pasa en la estúpida necesidad de mantener algunos bienes inútiles.

Esto pasa con cualquier idea retenida como baluarte.

Esto pasa con la posesividad en cualquier relación, aun en aquellos vínculos más amorosos (padres e hijos, parejas).

Lo que hace que mis vínculos, sobre todo los más amorosos, sean espacios disfrutables, es poder abrir la mano, es aprender a no vincularnos desde el lugar odioso de atrapar, controlar o retener sino de la situación del verdadero encuentro con el otro, que como ya debo haber aprendido en el camino del encuentro*, sólo puede ser disfrutado en libertad.

Mucha gente cree que no aferrar significa no estar comprometido.

Un concepto que yo no comparto pero entiendo. La distorsión se deduce de pensar que como sólo me aferro a quienes son importantes para mí, entonces mi aferrarme es símbolo de mi interés y por lo tanto (?)... mi no aferrarme queda sindicado como la falta de compromiso del desamor (??).

Esto es lo mismo que deducir que como los muertos no toman Coca-Cola, si tomás Coca-Cola te volverás inmortal.

Tiene el mismo fundamento pensar que si tu pareja no te cela quiere decir que no te quiere.

Que es la misma idea de aquellos que creen que si uno no se enoja no se pone en movimiento.

Que es lo mismo que creer que si no te obliga la situación nunca hacés nada.

Que es como pensar que si no le exigís a tu empleado no rinde.

Que es la misma idea de que si los abogados no tuvieran un día límite para entregar sus escritos nunca los entregarían (...bueno, eso es cierto).

Que es lo mismo que justificar el absurdo argumento de las guerras que se hacen para garantizar la paz.

En la otra punta están los que creen lo mismo pero proponen lo contrario:
Evitar el sufrimiento del duelo
no comprometiéndose con nada ni con nadie.

---

* Bucay, Jorge: *El camino del encuentro*, Buenos Aires, Sudamericana/Del Nuevo Extremo, 2001.

Creo que es una posibilidad. Una manera de vivir en el mundo, una pauta cultural, enseñada, aprendida y muchas veces ensayada, pero de ninguna manera una posibilidad elegible.

Si uno quiere un seguro contra el sufrimiento, no amar podría ser la prima a pagar. No enredarse afectivamente con nada ni con nadie. Posiblemente no consigas no sufrir, pero sufrirás mucho menos; lo que seguramente perderás en el trato es la posibilidad de disfrutar. Porque no hay forma de disfrutar si estoy escapando obsesivamente del sufrimiento. Y la manera de no padecer "de más" no es no amar sino que es no quedarse pegado a lo que no está.

La manera es disfrutar de esto y hacer lo posible para que sea maravilloso, mientras dure.

Quiero decir, vivo comprometidamente cada momento de mi vida, pero no vivo mañana pensando en este día de ayer que fue tan maravilloso.

Porque mañana debo comprometerme con lo que mañana esté pasando para poder hacer de aquello también una maravilla.

Mi idea del compromiso es la del anclaje a lo que esté pasando en cada momento y no a lo que vendrá después.

Y creo que quedarse pegado a las cosas es vivir cultivando el pasado, cultivando lo que ya no es. Es ocuparme de los tomates que ya no están, descuidando la lechuga que necesita de mí ahora.

¿Qué pasa si uno se anima a descubrir su relación con el otro cada día, qué pasa si uno renueva su compromiso con el otro cada noche?

¿Será esto una actitud "light", poco comprometida? Yo digo que no.

La herramienta para no sufrir no debería ser el no compromiso sino el desapego.

Si mañana esto que tanto placer te da se termina, sé capaz de dejarlo ir, pero mientras está, TODO debe ser compromiso.

Yo no soy ejemplo de nada pero tengo sobre el punto una postura que comparto con mi pareja. Mi esposa y yo tenemos un pacto entre nosotros que establecimos hace más de treinta años y que determina claramente que el día que alguno de los dos decida que no quiere estar más al lado del otro, deberemos separarnos, no el día después, ese día. Creer que por esto yo no estoy comprometido con mi esposa después de 26 años de casado, me parece una liviandad. Yo creo que vivimos como cada persona que se compromete por amor en lugar de creer que ama por compromiso. Y esto no implica aferrar, ni pensar que tu vida depende de ello, ni quedarse colgando del otro, ni retener a nadie.

No creo que la solución sea ser "light". Creo que la solución es estar comprometidamente mientras dure, y comprometidamente salirte cuando se terminó. Comprometidamente pesquisar, detectar y evaluar si esto que tengo es lo que tengo o es el cadáver de aquello que tuve. Y si es el cadáver asumir el compromiso de deshacerme de él.

No estoy para nada de acuerdo con la falta de compromiso. Lo que pasa es que creo que compromiso no quiere decir apego, quiere decir poner toda mi energía al servicio de esto que está pasando, y también en función de separarme de lo que se terminó.

Me gustaría contarte un cuento:

Había una vez un hombre que estaba escalando una montaña. Estaba haciendo un escalamiento bastante complicado, una montaña en un lugar donde se había producido una intensa nevada. Él había estado en un refugio esa noche y a la mañana siguiente la nieve había cubierto toda la montaña, lo cual hacía muy difícil la escalada. Pero no había querido volverse atrás así que de todas maneras, con su propio esfuerzo y su coraje, siguió trepando y trepando, escalando por esta empinada montaña. Hasta que en un momento determinado, quizás por un mal cálculo, quizás porque la situación era verdaderamente difícil, puso el pico de la estaca para sostener su cuerda de seguridad y se soltó el enganche. El alpinista se desmoronó, empezó a caer a pico por la montaña golpeando salvajemente contra las piedras en medio de una cascada de nieve.

Pasó toda su vida por su cabeza y cuando cerró los ojos esperando lo peor, sintió que una soga le pegaba en la cara. Sin llegar a pensar, de un manotazo instintivo se aferró a esa soga. Quizás la soga se había quedado colgada de alguna amarra... si así fuera, podría ser que aguantara el chicotazo y detuviera su caída.

Miró hacia arriba pero todo era la ventisca y la nieve cayendo sobre él. Cada segundo parecía un siglo en ese descenso acelerado e interminable. De repente la cuerda pegó el tirón y resistió. El alpinista no podía ver nada pero sabía que por el momento se había salvado. La nieve caía intensamente y él estaba allí, como clavado a su soga, con muchísimo frío, pero colgado de este pedazo de lino que había impedido que muriera estrellado contra el fondo de la hondonada entre las montañas.

Trató de mirar a su alrededor pero no había caso, no se veía nada. Gritó dos o tres veces, pero se dio cuenta de que nadie podía escucharlo. Su posibilidad de salvarse era infinitamente remota; aunque notaran su ausencia nadie podría subir a buscarlo antes de que parara la nevisca y, aun en ese momento, cómo sabrían que el alpinista estaba colgado de algún lugar del barranco.

Pensó que si no hacía algo pronto, este sería el fin de su vida.
Pero ¿qué hacer?

Pensó en escalar la cuerda hacia arriba para tratar de llegar al refugio, pero inmediatamente se dio cuenta de que eso era imposible. De pronto escuchó la voz. Una voz que venía desde su interior que le decía "soltate". Quizás era la voz de Dios, quizás la voz de su sabiduría interna, quizás la de algún espíritu maligno, quizás una alucinación... y sintió que la voz insistía "soltate... soltate".

Pensó que soltarse significaba morirse en ese momento. Era la forma de parar el martirio. Pensó en la tentación de elegir la muerte para dejar de sufrir. Y como respuesta a la voz se aferró más fuerte todavía. Y la voz insistía "soltate", "no sufras más", "es inútil este dolor, soltate".

Y una vez más él se impuso aferrarse más fuerte aun, mientras conscientemente se decía que ninguna voz lo iba a convencer de soltar lo que sin lugar a dudas le había salvado la vida. La lucha siguió durante horas pero el alpinista se mantuvo aferrado a lo que pensaba que era su única oportunidad.

Cuenta esta leyenda que a la mañana siguiente la patrulla de búsqueda y salvataje encontró al escalador casi muerto. Le quedaba apenas un hilito de vida. Algunos minutos más y el alpinista hubiera muerto congelado, paradójicamente aferrado a su soga... a menos de un metro del suelo.

Y yo digo, a veces no soltar es la muerte.

A veces la vida está relacionada con soltar lo que alguna vez nos salvó.

Soltar las cosas a las cuales nos aferramos intensamente creyendo que tenerlas es lo que nos va a seguir salvando de la caída.

Todos tenemos una tendencia a aferrarnos a las ideas, a las personas y a las vivencias. Nos aferramos a los vínculos, a los espacios físicos, a los lugares conocidos, con la certeza de que esto es lo único que nos puede salvar. Creemos en lo "malo conocido" como aconseja el dicho popular.

Y aunque intuitivamente nos damos cuenta de que aferrarnos a esto significará la muerte, seguimos anclados a lo que ya no sirve, a lo que ya no está, temblando por nuestras fantaseadas consecuencias de soltarlo.

LO QUE SIGUE

Cuando hablamos del camino de las lágrimas hablamos de aprender a enfrentarnos con las pérdidas desde un lugar diferente. Quiere decir no sólo desde el lugar inmediato del dolor que, como dijimos, siempre existe, sino también desde algo más, desde la posibilidad de valorar el recorrido a la luz de lo que sigue.

Y lo que sigue, después de haber llorado cada pérdida, después de haber elaborado el duelo de cada ausencia, después de habernos animado a soltar, es el encuentro con uno mismo. Enriquecido por aquello que hoy ya no tengo pero pasó por mí y también por la experiencia vivida en el proceso.

Pero es horrible admitir que cada pérdida conlleva una ganancia.

Que cada dolor frente a una pérdida terminará necesariamente con un rédito para mí.

Y sin embargo no hay pérdida que no implique una ganancia, un crecimiento personal.

Me dirás:
"Es horrible pensar que la muerte de un ser querido significa una ganancia para mí".

Yo entiendo, y puedo dejar afuera de esta conversación la muerte de un ser querido, puedo ponerla en el casillero de las excepciones aunque no me lo creo.

Lo que nos complica en este punto es pensar en lo "deseable" de la idea de ganancia mezclado con lo "detestable" de la idea de la pérdida de un ser querido. Quizás sea más fácil aceptar lo que digo si te aclaro que de alguna manera estoy hablando de un crecimiento que se cosecha como consecuencia del indeseable momento del duelo y no de lo beneficioso de pasar por la situación de la muerte de un ser querido.

En todo caso la muerte de algún ser querido es un hecho inevitable en nuestras vidas y el crecimiento que de eso deviene también.

De todas maneras podemos establecer provisoriamente que estas son situaciones especiales. Dejemos aparte la muerte de los que amamos y vamos a hablar por el momento de todas las otras pérdidas.

Vamos a tratar de mostrar y demostrar durante todo este capítulo que en cada pérdida hay una ganancia que es un pasaporte para vivir mejor.

Cuando le preguntamos a la gente cómo le va, nos enteramos de que la mayoría de la gente dice que no le va bien.

Si uno ahora le pregunta si sufre, nos dice que sí.

Algunos mucho, otros poco, pero la mayoría dice que sufre. Y a nadie le gusta sufrir.

¿Por qué cosas sufre la gente?

Sufrimos, dicen los que saben, porque hay algo deseado que no tenemos, porque algo estamos perdiendo, porque creemos que para algunas cosas ya es tarde.

Pero el sufrimiento, decía Buda, tiene una sola raíz y esa raíz es el anhelo. Y el anhelo al que Buda refiere es el deseo.

Y como esto es la raíz del sufrimiento, dice Buda, el sufrimiento tiene solución.

La solución es dejar de desear.

Dejá de pretender tener todo lo que querés y el sufrimiento va a desaparecer.

Un sacerdote jesuita que se llamaba Anthony De Mello jugaba a veces en sus charlas:

—¿Quieres ser feliz? —decía—. Yo puedo darte la felicidad en este preciso momento, puedo asegurarte la felicidad para siempre. ¿Quién acepta?

Y varios de los presentes levantaban la mano...

—Muy bien —seguía De Mello—. Te cambio tu felicidad por todo lo que tienes, dame todo lo que tienes y yo te doy la felicidad.

La gente lo miraba. Creían que él hablaba simbólicamente.

—Y te lo garantizo —confirmaba—. No es broma.

Las manos empezaban a descender... y él decía:

—*Ahhh... No quieren. Ninguno quiere.*

Y entonces él explicaba que identificamos nuestro ser felices con nuestro confort, con el éxito, con la gloria, con el poder, con el aplauso, con el dinero, con el gozo y con el placer instantáneo.

No parecemos dispuestos a renunciar a nada de lo deseado.

Aunque sabemos que gran parte de nuestro sufrimiento proviene de lo que hacemos diariamente para tener estas cosas, nadie consigue hacernos creer que si renunciamos a esto dejaríamos de sufrir.

Y sin embargo es tan claro.

Somos como el alpinista, aferrados a la búsqueda de las cosas como si fuera la soga que nos va a salvar. No nos animamos a soltar este pensamiento porque pensamos que sin posesiones lo que sigue es el cadalso, la muerte, la desaparición.

Y entonces no hay ninguna posibilidad de dejar de sufrir, porque esta idea, la de soltar las cosas para recorrer el camino más liviano, es desconocida. Sabemos que lo conocido nos ocasiona sufrimiento pero no estamos dispuestos a renunciar a ello.

Todo esto genera en nosotros una cierta contradicción.

Porque nos es imposible dejar de desear y también es imposible poseer infinitamente y para siempre todo lo que deseo.

No somos omnipotentes, ninguno de nosotros puede ni podrá jamás tener todo lo que desea. ¿Existe la solución?

Yo creo que existe.

Es la posibilidad de entrar y salir del deseo.

Es desarrollar la habilidad de desear sin quedarme pegado a este deseo, querer sin agarrarme como se agarra un alpinista de la soga que cree que le va a salvar la vida.

Aprender a soltar.

Por supuesto que me gusta viajar en el auto más caro que hay de aquí a cinco cuadras, ¿pero debería sufrir si ese auto no está disponible para mí?

Yo digo que si está el auto sería maravilloso disfrutar de un paseo en ese auto, pero si no está ese auto, quizá haya otro auto, y si no quizás pueda caminar, y si llueve, quizás pueda conseguir un paraguas, y si no quizás pueda renunciar a ir... Y si me apurás mucho y renuncio a ciertos hábitos, quizás, gracias a que el auto no está disponible, quizás pueda disfrutar de caminar bajo la lluvia.

Si yo puedo ser feliz en cualquiera de estos casos, si yo puedo tener grados de alegría en cada una de estas situaciones, entonces no hay ningún sufrimiento que me espere. Pero si yo fijo gran parte de mis ilusiones en que este auto me lleve...

"Ahhh... Qué gran defraudación"
"Ohhh... Qué terrible pérdida"
"Ehhh... Siempre fui en auto"
"Uhhh... Yo no puedo soportar tener que caminar"

Ahora el sufrimiento está garantizado.

Sin embargo es obvio que mi felicidad no puede pasar por ir en auto.
Si me doy cuenta de que de ninguna manera pasa por ir o no en auto, debe pasar por otro lado.
¿Se trata de una conducta masoquista? Tampoco.
¿Entonces? ¿Qué es lo que me hace sufrir?

El tema está en mi apego, en mi manera de relacionarme con mis deseos.
El problema es no saber entrar y salir de las situaciones.
No poder aceptar la conexión y la desconexión con las cosas.
No haber aprendido que el obtener y el perder son parte de la dinámica normal de la vida considerada feliz.

Te preguntarás por qué me desvío hacia la felicidad, el apego y la capacidad de entrar y salir si estoy hablando de pérdidas, de lágrimas, de abandonos, de muertes. Porque muerte, cambio y pérdida están íntimamente relacionados desde el comienzo con la vida.

Para la psicología, para la antropología y para la historia de la humanidad cada símbolo tiene arquetípicamente un significado.
Y estos símbolos se repiten una y otra vez en todas las culturas y en todos los tiempos.
Si pensamos en un lenguaje simbólico en funcionamiento, en la estructura simbólica de pensamiento por antonomasia, deberíamos siguiendo a Jung evocar las representaciones de las cartas del Tarot.
En el Tarot existe una carta que representa y simboliza la muerte: el arcano número 13, que la tradición popular identifica con la famosa calavera, la guadaña y la túnica, la imagen misma de la muerte.
Pero a pesar de lo aterrador de la imagen, como símbolo esta carta no representa la llegada de la muerte en sí misma, representa el cambio. Simboliza el proceso por el que algo deja de ser como es para dar lugar a otra cosa que va a ocupar el lugar que aquello ocupaba antes.

La sabiduría popular o el inconsciente colectivo sabe desde siempre que las pequeñas muertes cotidianas y quizás también los más tremendos episodios de muerte simbolizan internamente procesos de cambio.
Vivir esos cambios es animarnos a permitir que las cosas dejen de ser para que den lugar a otras nuevas cosas.
Elaborar un duelo es aprender a soltar lo anterior.

Sin embargo, si tengo miedo de las cosas que vienen, y me agarro de las cosas que hay, si me quedo centrado en las cosas que tengo porque no me animo a vivir lo que sigue, si creo que no voy a soportar el dolor que significa que esto se vaya, si voy a aferrarme a todo lo anterior...

Entonces no podré conocer, ni disfrutar, ni vivir lo que sigue.

Casi te escucho: *"...pero cuando uno pierde cosas que quiere, siente que le duele, y a veces sufre mucho por lo que no está".*

Sí; el tema está justamente en ver cómo hacemos para quedarnos con el dolor, renunciando al sufrimiento.

Hay miles de cosas que te invitan a recorrer el camino de las lágrimas
    porque además de personas que uno pierde
    hay situaciones que se transforman,
    hay vínculos que cambian,
    hay etapas de la propia vida que quedan atrás,
    hay momentos que se terminan,
    y cada uno de ellos es una pérdida para elaborar.

Todas estas cosas de alguna manera van a pasar y es mi responsabilidad enriquecerme al despedirlas.

Imaginate que yo me aferrara a aquellas cosas hermosas de mi infancia, que yo me quedara pensando en lo lindo que fue ser niño, o me quedara aferrado a la época cuando era un bebé y mi mamá me daba la teta y se ocupaba de mí y yo no tenía nada que hacer más que lo que tuviera ganas, o me quedara aferrado, como el alpinista, dentro del útero de mi mamá, pensando que este estado supuestamente es ideal.

Imaginate que me quedara en cualquier etapa anterior a mi vida, que decidiera no seguir adelante.

Imaginate que decidiera que algunos momentos del pasado han sido tan buenos, algunos vínculos han sido tan gratificantes, algunas personas han sido tan importantes, que no los quiero perder, y me agarrara como a una soga salvadora de estos lugares que ya no soy.

Esto no serviría, esto no sería bueno para mí ni para nadie. Seguramente moriría allí, paralizado y congelado como en el cuento.

Y sin embargo, dejar cada uno de estos lugares fue doloroso, dejar mi infancia fue doloroso, dejar de ser el bebé de los primeros días fue doloroso, dejar el útero fue doloroso, dejar nuestra adolescencia fue doloroso.

Todas estas vivencias implicaron una pérdida, pero gracias a haber perdido algunas cosas hemos ganado algunas otras.

Puedo poner el acento en esto diciendo que no hay una ganancia importante que no implique de alguna forma una renuncia, un costo emocional, una pérdida.

Esta es la verdad que se descubre al final del camino de las lágrimas:

Que los duelos son imprescindibles para nuestro proceso de crecimiento personal, que las pérdidas son necesarias para nuestra maduración y que ésta a su vez nos ayuda a recorrer el camino.

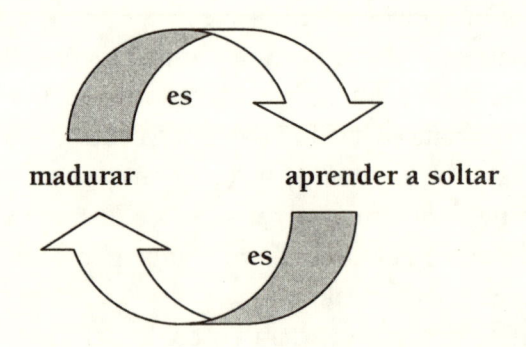

madurar ⇌ aprender a soltar (es / es)

En la medida en que yo aprenda a soltar, más fácil va a ser que el crecimiento se produzca; cuanto más haya crecido menor será el desgarro ante lo perdido; cuanto menos me desgarre por aquello que se fue, mejor voy a poder recorrer el camino que sigue. Madurando seguramente descubra que por propia decisión dejo algo dolorosamente para dar lugar a lo nuevo que deseo.

—Gran maestro —dijo el discípulo—, he venido desde muy lejos para aprender de ti. Durante muchos años he estudiado con todos los iluminados y gurús del país y del mundo y todos han dejado mucha sabiduría en mí. Ahora creo que tú eres el único que puede completar mi búsqueda. Enséñame, maestro, todo lo que me falta saber.

Badwin el sabio le dijo que tendría mucho gusto en mostrarle todo lo que sabía pero que antes de empezar quería invitarlo con un té.

El discípulo se sentó junto al maestro mientras él se acercaba a una pequeña mesita y tomaba de ella una taza llena de té y una tetera de cobre.

El maestro alcanzó la taza al alumno y cuando este la tuvo en sus manos empezó a servir más té en la taza que no tardó en rebalsarse.

El alumno con la taza entre las manos intentó advertir al anfitrión:

—Maestro... maestro.

Badwin como si no entendiera el reclamo siguió virtiendo té, que después de llenar la taza y el plato empezó a caer sobre la alfombra.

—Maestro —gritó ahora el alumno—, deja ya de echar té en mi taza. ¿No puedes ver que ya está llena?

Badwin dejó de echar té y le dijo al discípulo:

—Hasta que no seas capaz de vaciar tu taza no podrás poner más té en ella.

Hay que vaciarse para poder llenarse.

Una taza, dice Krishnamurti, sólo sirve cuando está vacía.

No sirve una taza llena, no hay nada que se pueda agregar en ella.

Manteniendo la taza siempre llena ni siquiera puedo dar, porque dar significa haber aprendido a vaciar la taza. Parece obvio que para dar tengo que explorar el soltar, el desapego, porque también hay una pérdida cuando decido dar de lo mío (como la etimología ya lo había anticipado, ¿te acordás?).

Para crecer entonces voy a tener que admitir el vacío. El espacio donde por decisión, azar o naturaleza ya no está lo que antes podía encontrar.

Esta es mi vida. Voy a tener que deshacerme del contenido de la taza para poder llenarla otra vez. Mi vida se enriquece cada vez que yo lleno la taza, pero también se enriquece cada vez que la vacío... porque cada vez que yo vacío mi taza estoy abriendo la posibilidad de llenarla de nuevo.

Toda la historia de mi relación con mi crecimiento y con el mundo es la historia de este ciclo de la experiencia del que ya hablamos.

Entrar y salir.

Llenarse y vaciarse.

Tomar y dejar.

Vivir estos duelos para mi propio crecimiento. Aunque no siempre el proceso sea fácil, aunque no siempre esté exento de daño.

Si yo quiero levantar este lápiz de arriba de mi mesa de trabajo, lo hago fácilmente y con poco esfuerzo. No pasa gran cosa salvo que en la mesa queda el lugar vacío donde estaba el lápiz. Pero si pongo un poquito de pegamento aquí, en el lápiz, cuando yo lo levante, posiblemente quede una marca sobre el mantel, y si miráramos con una lupa veríamos que algo de las capas superficiales de la tela del mantel fueron arrancadas junto con el lápiz. Imaginemos por fin que en lugar de un pegamento simple pongo un poco de adhesivo industrial. Cuando alce el lápiz, pedacitos de mantel van a quedar pegados a él y no voy a necesitar ninguna lente para notarlo, el daño será evidente. Ahora imagínense que hago ojales en el mantel y hago algunos agujeros en la madera y con un hilo coso el lápiz al mantel, y pego con cemento el mantel a la mesa;

ahora no sólo voy a tener que hacer un esfuerzo más grande para poder separar estas dos cosas y levantar el lápiz, sino que cuando lo haga posiblemente el mantel se destruya, un pedazo de la mesa quede dañado y el lápiz quede en malas condiciones.

Del mismo modo, cuanto mayor sea el apego que siento a lo que estoy dejando atrás (cuanto más poderoso sea el pegamento), mayor será el daño que se produzca a la hora de la separación, a la hora de la pérdida.

No es imprescindible que sea así pero en general sucede que cuanto más amo más tiendo a apegarme y entonces se instaura aquella idea de que:

Si uno no ama no sufre.
Porque el que ama se arriesga a sufrir.

Y yo digo: es más que un riesgo, porque en cada relación amorosa comprometida un poquito de dolor va a haber, aunque más no sea el dolor de descubrir nuestras diferencias y de enfrentar nuestros desacuerdos. Pero este compromiso es la única manera de vivir plenamente y como suelo decir:

Vivir vale la pena

Es necesario establecer a partir de acá que esta pena es la que de alguna manera abre la puerta de una nueva dimensión, es el dolor inevitable para conseguir una sola cosa imprescindible, mi propio crecimiento.

Nadie crece desde otro lugar que no sea haber pasado por un dolor asociado a una frustración, a una pérdida.
Nadie crece sin tener conciencia de algo que ya no es.

Sin embargo existen duelos que padecen los que, teniendo solamente la fantasía de que van a llegar a tener algo, les duele después la conciencia de que no llegaron a tenerlo.

Esto parece ser una excepción, ¿cómo se podría sentir esta pérdida?

Parece el duelo por no tener lo que nunca tuvo.

Me digo: debe haber algo que sintió que tuvo para que pueda vivir la pérdida.

Por supuesto que hay algo que sí tuvo.

Tuvo la ilusión.

Tuvo la fantasía.

Y lo que está perdiendo es esa ilusión, es esa fantasía.

Y si le duele, va a tener que elaborar ese duelo para separarse de esto que ya no está.

Un sueño mío no es algo que podría haber sido; un sueño mío ES en sí mismo. Está siendo en este momento.

Mis ilusiones y mis fantasías, si son sentidas, SON.

Y puedo aferrarme a mis sueños, como me aferro a mis realidades, como me aferro a mis relaciones.

Cuando la realidad me demuestra que esto no va a suceder, es como si algo muriera, y como con las personas, tiendo a quedarme aferrado a esta fantasía.

Igual que con las realidades, lo mismo que con los hechos, hace falta soltar.

Pero para esto tengo que aceptar que el mundo no es como yo quiero que sea, y esto implica un duelo para elaborar.

Tengo que aceptar que el mundo es como es y amigarme con el hecho de que así sea.

Tengo que aceptar que mi buen camino no pase quizás por tener todo lo que deseo.

Quizás pase por donde ni siquiera imaginé.

Pero si no me animo a soltar la soga de un sueño no podré seguir mi ruta hacia mí mismo.

Madurar siempre implica dejar atrás algo perdido, aunque sea un espacio imaginario, y elaborar un duelo es abandonar uno de esos espacios anteriores (internos o externos), que siempre nos suena más seguro, más protegido y, aunque más no sea, más previsible.

Dejarlo para ir a lo diferente. Pasar de lo conocido a lo desconocido.

Esto irremediablemente nos obliga a crecer.

Que yo sepa que puedo soportar los duelos, y sepa que puedo salirme si lo decido, me permite quedarme haciendo lo que hago, si esa es mi decisión.

La contracara del cuento del alpinista es la historia de Don Jacobo.

Don Jacobo vive en la Avenida Santa Fe, entre Pirulo y Mengano.

Hay un kiosco de diarios en Santa Fe y Mengano y otro kiosco de diarios en Santa Fe y Pirulo.

Don Jacobo toma café todas las mañanas en Santa Fe y Pirulo y antes de entrar al bar compra el diario en esa misma esquina.

Por alguna razón misteriosa (quizás por algún prejuicio antisemita) el kiosquero de Santa Fe y Pirulo maltrata a Don Jacobo.

Siempre le habla en mal tono, le tira el diario en lugar de dárselo en la mano, le pasa mal la cuenta, le entrega el más arrugado de los ejemplares.

El mozo del bar que lo atiende siempre y le tiene afecto le dice:

—Oiga, Don Jacobo, ¿por qué deja que lo maltrate?

—¿Y qué quiere que le haga?

—No, no quiero que haga nada, pero si este tipo lo trata de esta manera, ¿por qué no compra el diario en otro kiosco? Después de todo cuando viene de su departamento pasa por el kiosco de Mengano antes de llegar al bar.

Don Jacobo mira al mozo y le contesta:
—Este hijo de puta me maltrata sin ninguna razón... ¿y yo voy a dejar que ÉL decida dónde YO compro el diario? ¡De ninguna manera!

¿Es esto resistirse a elaborar el duelo?
No, creo que no.
Resistir el duelo sería aferrarse al vínculo, sería corregir mi conducta, esperar que el otro me trate bien o seguir quejándome del maltrato.
La mejor resolución del maltrato del chiste de Don Jacobo hubiera consistido en aceptar la pérdida de un lugar donde comprar el diario, procesar el duelo y dejar de esperar que esto cambie. Aceptar que puedo comprar el diario en otro lado donde me traten bien.

Pero, como dice Don Jacobo, seguramente será bueno que después del duelo, yo decida dónde compro el diario.
Y puede ser que yo sea un idiota si le sigo comprando el diario a ese hijo de puta, pero ser un idiota no es un tema que impida el duelo.
Impedir o resistir el duelo es otra cosa.

En el "Rey Juan" de Shakespeare, Felipe habla con Constanza, que ha perdido a su hijo durante la última batalla.
De hecho ignora si su hijo ha muerto pero intuye que probablemente no lo vuelva a ver con vida.
Constanza llora y gime, se lamenta y llora más todavía, desesperada y dolorida.
Entonces Felipe le dice:
—*Llorás tanto a tu hijo, estás tanto con el dolor, que parece que quisieras más a tu dolor que a tu hijo.*
Y Constanza le contesta:
—*El dolor de que mi hijo no esté vive en su cuarto, duerme en su pieza, viste sus ropas, habla con sus mismas palabras, y me acompaña a*

cada lugar adonde me acompañaba antes mi hijo, ¿cómo podría no querer a mi dolor, si es lo único que tengo?

Porque el dolor a veces, es cierto, acompaña al que sufre, en el mismo lugar que antes acompañaba la persona.

No importa qué lugar ni cuánto lugar ocupaba el desaparecido en tu vida, el dolor está listo para ocupar todos esos espacios. Y esta sensación de estar acompañado por el dolor no es agradable, pero por lo menos no es tan amenazante como parece ser el vacío.

Por lo menos el dolor ocupa el espacio.
El dolor llena los huecos.
El dolor evita el agujero del alma.

¿Qué pasaría si no estuviera el dolor llenando los huecos?
Quizás simplemente podría vivir adentro mío las cosas que el otro dejó.

A veces el proceso es el de aceptar renunciar a alguien que no murió, pero que ya no está, porque su enfermedad o el paso del tiempo lo cambiaron tanto que ya no es de la manera en que era. Puede estar aquí físicamente, tiene su misma cara pero no la misma expresión, tiene su misma voz pero no sus mismas palabras. Ya no es la misma persona. Ya no es.

Y sin embargo está. No allá afuera sino aquí, adentro.
Y cuando puedo llegar a darme cuenta de eso puedo recuperar la alegría de estar vivo.
Porque estar vivo significa poder sostener vivo a este otro que vive en mí.

La vida es la continuidad de la vida, más allá de la historia puntual, cada momento se muere para dar lugar al que sigue, cada instante que vivimos va a tener que morirse para que nazca uno nuevo, que nosotros después vamos a tener que estrenar (como dice Serrat).

Hace falta estrenarse una nueva vida cada mañana si es que uno decide soportar la pérdida.

Pero si seguís llevando la anterior, la anterior y la anterior, tu vida se hace muy pesada.

A mí me parece que la vivencia normal de una pérdida tiene que ver justamente con animarse a vivir los duelos, con permitirse padecer el dolor como parte del camino. Y digo el dolor y no el sufrimiento, porque sufrir como veremos es, más bien, resignarse a quedarse amorosamente apegado a la pena.

Quiero poder abrir la mano y soltar lo que hoy ya no está, lo que hoy ya no sirve, lo que hoy no es para mí, lo que hoy no me pertenece.

No quiero retenerte, no quiero que te quedes conmigo *"porque yo no te dejo ir"*.

No quiero que hagas nada para quedarte más allá de lo que quieras.

Mientras yo deje la puerta abierta voy a saber que estás acá porque te querés quedar, porque si te quisieras ir ya te habrías ido.

Hay un poeta argentino, que se llama Hamlet Lima Quintana, un hombre cuya poesía admiro muchísimo. Y él escribió "Transferencia", que dice:

Después de todo, la muerte es una gran farsante.
La muerte miente cuando anuncia que se robará la vida,
como si se pudiera cortar la primavera.
Porque al final de cuentas,
la muerte sólo puede robarnos el tiempo,
las oportunidades de sonreír,

de comer una manzana,
de decir algún discurso,
de pisar el suelo que se ama,
de encender el amor de cada día.
De dar la mano, de tocar la guitarra,
de transitar la esperanza.
Sólo nos cambia los espacios.
Los lugares donde extender el cuerpo,
bailar bajo la luna o cruzar a nado un río.
Habitar una cama, llegar a otra vereda,
sentarse en una rama,
descolgarse cantando de todas las ventanas.
Eso puede hacer la muerte.
¿Pero robar la vida?... Robar la vida no puede.
No puede concretar esa farsa... porque la vida...
la vida es una antorcha que va de mano en mano,
de hombre a hombre, de semilla en semilla,
una transferencia que no tiene regreso,
un infinito viaje hacia el futuro,
como una luz que aparta
irremediablemente las tinieblas.

Y a mí me parece que Lima Quintana tiene razón.

La desaparición del otro, que uno asocia con la muerte, solamente puede ser vivida así si uno no puede interiorizar a los que ha perdido.

Si uno se anima, entonces la muerte es una gran farsante. La enfermedad es una gran farsante.

Pueden llevarse algunas cosas de ese otro. Pero no pueden robármelo porque de alguna manera ese otro sigue estando adentro mío.

CAPÍTULO 3. TRISTEZA Y DOLOR, DOS COMPAÑEROS SALUDABLES

A pesar de todo creo que hay más que dolor en un duelo.
Existe por ejemplo el coraje de llegar adonde nunca llegaste.
Y en el acto de dejar atrás hay algo de salir al encuentro.
Y cada adiós oculta silencioso un bienvenido.
La existencia es tan sólo una mezcla extraña
de finales y principios.
Y las despedidas mucho más
un tema de la vida que de la muerte.

Y lo creo porque otros que vivieron lo contaron,
porque otros que sufrieron primero
crecieron después desde el dolor.
Es por eso que sé que no estoy sola,
que avanzo día y noche acompañada.
Que hay otros que dejando su marca en el camino
encontraron más tarde... caminando,
el sentido verdadero de haberlo recorrido.

MARTA BUJÓ
No todo es dolor

En el lenguaje de todos los días solemos equiparar el dolor con el sufrimiento, y la tristeza con la depresión.

Si buceamos en las etimologías del duelo encontraremos que más allá de la hablada relación con el dolor existen además otras derivaciones interesantes.

Una es la que relaciona el origen con *dwel,* que quiere decir batalla, pelea entre dos; y que sugiere que en el proceso interno de la elaboración de una pérdida, se establece una lucha, un duelo de hegemonías entre la parte de mí que atada a la realidad acepta la pérdida, y la que quiere retener, la que no está dispuesta a soltar lo que ya no está.

La otra derivación lingüística se vincula a *dolos* (origen también de nuestro jurídico dolo) que quiere decir engaño, estafa, falsedad, y que nos lleva a pensar en el engaño de todos los que nos han ayudado a creer que podríamos conservar para siempre lo que amábamos, y que todo lo deseado podría ser eterno.

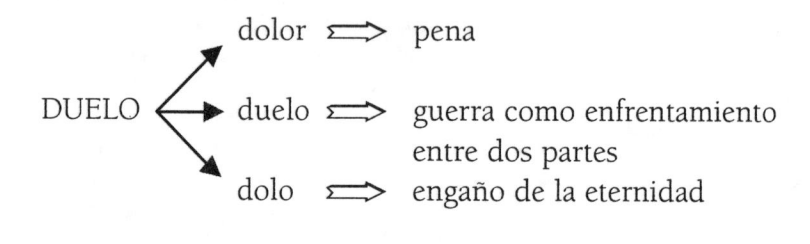

```
                 dolor  ⇒  pena
DUELO  ⇆  duelo  ⇒  guerra como enfrentamiento
                          entre dos partes
                 dolo   ⇒  engaño de la eternidad
```

Vamos a recorrer este camino poniendo el acento en la vinculación del duelo con el dolor por lo perdido, pero no olvidemos que una guerra sucede en nuestro interior y que el bando de "los buenos" es el que quiere aceptar que lo ausente ya no está.

No olvidemos que transitamos este camino soportando la frustrada decepción de confirmar que la infantil creencia de las cosas eternas se ha estrellado contra la realidad de una muerte.

Vamos a hablar por ahora de un duelo normal, dejando el duelo patológico para más adelante.

Asociamos inevitablemente la palabra duelo con la muerte pero voy a repetir muchas veces en este libro que el proceso de elaboración de un duelo sucede (o mejor dicho sería bueno que sucediera) frente a cualquier pérdida, definiendo como vivencia penosa la situación interna frente a lo que ya no está.

Es decir, un duelo puede generarse también a partir de una

acción voluntaria, como decidir mudarme o dejar a alguien, y también desde hechos ineludibles como el paso del tiempo, por ejemplo.

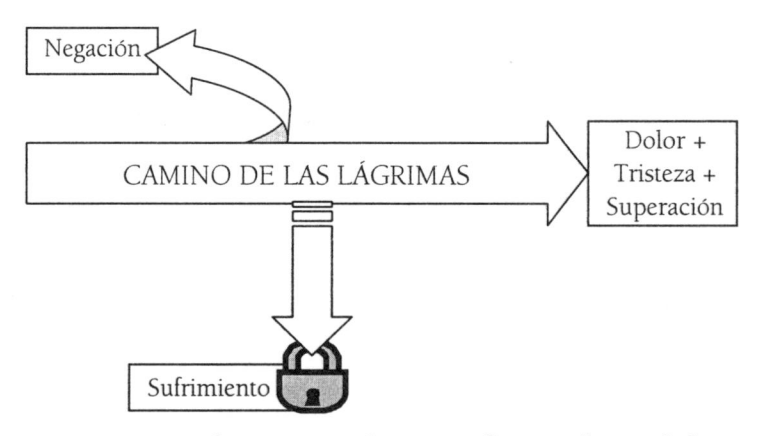

```
         Negación
            ↙
━━━━━━━━━━━━━━━━━━━━━━━━━━▶   Dolor +
     CAMINO DE LAS LÁGRIMAS     Tristeza +
            ↓                   Superación
       Sufrimiento 🔒
```

Tres maneras de recorrer el camino frente a la pérdida.

Frente a la vivencia de la pérdida el proceso de duelo se establece para poder seguir adelante en nuestro camino, para poder superar la ausencia. Pero en este camino que es el de las lágrimas se nos presentan también algunos senderos que nos alejan del final. Uno es un supuesto atajo, otro un desvío que conduce a una vía muerta.

Pero no existe más que un camino saludable, el del proceso de elaboración del duelo normal.

La negación de la pérdida es un intento de autoprotección contra el dolor y contra la fantasía de sufrir. Si bien es cierto que, como veremos, una etapa normal del recorrido puede incluir un momento de bloqueo de la realidad desagradable, lo consideramos un desvío cuando la persona se estanca en esa etapa y sigue negando la pérdida más allá de los primeros días.

La negación es una forma de fuga, un vano intento de huida de lo doloroso. Y digo vano porque la negación nos lleva al punto de partida. No resuelve nuestra pérdida, sólo la posterga y apuesta a que lo podrá hacer eternamente. El negador vive en un mundo de ficción donde lo perdido todavía no se fue, donde el muerto vive, donde lo que pasó nunca pasó. No es el mundo mágico donde todo se resolvió felizmente, sino la realidad detenida en el momento en que todo estaba por comenzar. El universo congelado un instante antes de enterarme de lo que hubiera preferido no enterarme.

El desvío hacia el sufrimiento en cambio es la decisión de no seguir avanzando. Es una especie de pacto con la realidad que conjuga un mayor dolor ante la posibilidad de tener que soltar lo perdido y mi deseo de no soltarlo nunca. Y entonces nos detenemos y nos apegamos a lo que se fue, instalándonos en el lugar del sufrimiento. Sufrir es cronificar el dolor. Es transformar un momento en un estado, es apegarse al recuerdo de lo que lloro para no dejar de llorarlo, para no olvidarlo, para no renunciar a eso, para no soltarlo aunque el precio sea mi sufrimiento, una misteriosa lealtad con los ausentes.

En este sentido el sufrimiento siempre es enfermo. Es como volverse adicto al malestar, es como evitar lo peor eligiendo lo peor.

El sufrimiento es racional aunque no sea inteligente, induce a la parálisis, es estruendoso, exhibicionista, quiere permanecer y necesita testigos.

El dolor en cambio es silencioso, solitario, implica aceptación, estar en contacto con lo que sentimos, con la carencia y con el vacío que dejó lo ausente.

El sufrimiento pregunta por qué aunque sabe que ninguna

respuesta lo conformará, para el dolor en cambio se acabaron las preguntas.

El proceso de duelo siempre nos deja solos, impotentes, descentrados y responsables, pero sobre todo tristes.

El dolor conecta con un sentimiento: la tristeza. Una emoción normal y saludable, aunque displacentera porque significa extrañar lo perdido.

Aunque la tristeza puede generar una crisis, permite luego que uno vuelva a estar completo, que suceda el cambio, que la vida continúe en todo su esplendor.

La más importante diferencia entre uno y otro es que el dolor siempre tiene un final, en cambio el sufrimiento podría no terminar nunca.

La manera en que podría perpetuarse es desembocando en una enfermedad llamada comúnmente depresión. Por si no queda suficientemente claro, depresión no es tristeza y el uso popular indistinto es un gran error y una fuente de dañinos malos entendidos. La depresión <u>es una enfermedad</u> de naturaleza psicológica, que si bien incluye un trastorno del estado de ánimo, excede con mucho ese síntoma.

Partiendo del significado de "depresión" como "pozo, hundimiento, agujero, presión hacia abajo o aplastamiento" entenderemos la enfermedad como una disminución energética global que se manifiesta como falta de voluntad, ausencia de iniciativa o falta de ganas de hacer cosas, trabajos, actividades, etc. En la afectividad se expresa como tristeza, vacío existencial, culpa, sensación de soledad. En la mente se crea pesimismo, acrecentamiento de pensamientos cada vez más dominantes de inseguridad y temor.

Hay que sumar todas las características de una enfermedad para poder diagnosticarla; quiero decir, que una persona se sienta triste, o pesimista, o insegura o se encuentre desganada no necesariamente garantiza que esté deprimida.

El diagnóstico de depresión es competencia del especialista y no de las evaluaciones de las revistas que empiezan en el supuesto test del estilo de:

"¡...Si usted sacó más de 15 puntos está deprimido!"

Entre muchas otras cosas porque también se puede estar deprimido sin padecer ninguno de los síntomas clásicos de la depresión.

Según su causa las depresiones se suelen dividir en externas e internas.

¿Cuáles son esas causas externas? Las desilusiones afectivas, los conflictos interpersonales, la marginación o aislamiento por parte de otras personas, la jubilación, los problemas económicos, la muerte de un ser querido, un fracaso matrimonial, etc.

En la mayoría de estas depresiones el factor desencadenante aparece para sumarse a otros hechos del paciente, no tan circunstanciales: baja capacidad de frustración, miedos patológicos, preocupaciones prolongadas, pesimismo, tensión nerviosa, fobia social, tendencia al aislamiento y la soledad, personalidad dependiente, fuerte añoranza del pasado, rigidez de pensamiento, y por supuesto duelo patológico.

Los deprimidos tienden a deformar sus experiencias, a malinterpretar acontecimientos tomándolos como fracasos personales. Exageran, generalizan y tienden a hacer predicciones negativas del futuro.

Conocer estas causas puede servirnos como ayuda para salir de una depresión o como prevención si no se está en ella, porque la clave para solucionar el problema se encuentra en el nivel de comprensión y de cambio en la forma de encarar estas vivencias.

Si el individuo deprimido pudiera mejorar lo que opina de sí mismo, del mundo, de sus propios pensamientos; si no olvidara practicar alguna actividad física y centrara la atención en comunicarse con personas más optimistas y escucharlos atentamente; si escuchara Mozart, asistiera a cursos, desarrollara su creatividad e intentara ser más útil a la sociedad a la que pertenece, podríamos decir sin duda que ha mejorado su pronóstico y por ende su futuro.

Un paso más allá de la depresión podríamos hallar aun la melancolía.

Ya en 1917 Freud comparaba el duelo con la melancolía, porque en ambos casos existe:
un estado de ánimo profundamente doloroso,
una cesación del interés por el mundo exterior,
la cancelación de la capacidad de amar,
la inhibición de todas las funciones psíquicas.

La diferencia entre ambas es que en la melancolía existe además una pérdida del sentimiento de sí.

Dicho de otra forma, en el duelo es el mundo el que se muestra empobrecido mientras que en la melancolía es además el propio yo del sujeto el que está vacío, devaluado, despreciable y, aun más, invadido por una visión del futuro llena de expectativas negativas. El melancólico está seguro de que su sufrimiento continuará indefinidamente.

En el duelo se puede localizar fácilmente qué es lo que se ha perdido, mientras que el melancólico ya no sabe o nunca supo lo que ha perdido, porque lo que ha perdido es su conciencia del propio yo.

"De alguna manera los duelos patológicos nos conectan con lo que ocurre en la melancolía: Ante la pérdida del objeto, el sujeto, en lugar de retirar la energía psíquica (libido) depositada en el objeto desaparecido

y dejarla libre para desplazarse a otro objeto, se retrotrae al yo y ahí se queda, identificándose con el objeto perdido."

Freud dice que la angustia es la reacción ante el peligro que supone para la integridad del sujeto la pérdida del objeto, mientras que el dolor y la tristeza son la verdadera reacción ante el examen de realidad que me priva de algo.

Cada tipo de pérdida implica experimentar algún tipo de privación y las reacciones suelen ser en varias áreas:

psicológicas
físicas
sociales
emocionales
espirituales.

Las reacciones psicológicas pueden incluir rabia, culpa, ansiedad o miedo.
Las reacciones físicas incluyen dificultad al dormir, cambio en el apetito, quejas somáticas o enfermedades.
Las reacciones de tipo social incluyen los sentimientos experimentados al tener que cuidar de otros en la familia, el deseo de ver o no a determinados amigos o familiares, o el deseo de regresar al trabajo.
Las reacciones emocionales pueden redundar en extrañar, recordar, llorar o patalear como un niño.
Las reacciones espirituales pueden incluir el cuestionamiento de la fe, la búsqueda de nuevos referentes religiosos, el ingreso a vivencias de búsquedas mágicas de contacto con el pasado.

La respuesta cultural en el caso de la muerte de alguien, por ejemplo, es diferente en cada tiempo y en cada lugar.
Hay reglas, costumbres y rituales para enfrentar la pérdida de

un ser querido, que son determinados por la sociedad y que forman parte integral de la ceremonia del duelo.

Pero, a pesar de las diferencias, en cualquier entorno el proceso de duelo normal induce a liberarse de algunos lazos con la persona fallecida, lo cual es indispensable para reintegrar al que queda al ambiente en donde la persona ya no está y construir nuevas relaciones para conseguir reajustarse a la vida normal.

Esta actividad requiere mucha energía física y emocional, y es común ver a personas que experimentan una fatiga abrumadora. Este agotamiento no debe caratularse de depresión porque muchas veces es una vivencia transitoria en un duelo absolutamente normal.

EL RESULTADO DE AFRONTAR EL DOLOR

Cuesta trabajo poder soltar aquello que ya no tengo; poder desligarse y empezar a pensar en lo que sigue. De hecho esto es, para mí, el peor de los desafíos que implica ser un adulto sano, saber que puedo afrontar la pérdida de cualquier cosa.

Este es el coraje, esta es la fortaleza de la madurez, saber que puedo afrontar todo lo que me pase, inclusive puedo afrontar la idea de que alguna vez yo mismo no voy a estar.

Quizás pueda, por el camino de entender lo transitorio de todos mis vínculos, aceptar también algunas de las cosas que son las más difíciles de aceptar, que no soy infinito, que hay un tiempo para mi paso por este lugar y por este espacio.

Cuentan que había una vez un hombre que fue a visitar a un rabino muy famoso, para hacerle una consulta religiosa.

Cuando entró en la casa vio que estaba totalmente vacía. Sólo había dos banquetas, un colchón tirado en el piso y una mesa muy rudimentaria.

El visitante hizo la consulta y después le preguntó al rabino:

—Perdón, rabino, ¿dónde están sus muebles?

Y el rabino le dijo:

—¿Dónde están los tuyos?

El hombre contestó:

—Yo no soy de esta ciudad, estoy aquí de paso.

—Yo también estoy de paso —dijo el rabino.

CAPÍTULO 4. QUÉ ES EL DUELO

> ...Y el Principito dijo:
> —Bien... Eso es todo.
> Vaciló aun un momento; luego se levantó y dio un paso... No gritó. Cayó suavemente, como cae un árbol en la arena. Ni siquiera hizo ruido. Y ahora, por cierto, han pasado ya seis años... Me he consolado un poco porque sé que verdaderamente volvió a su planeta, pues al nacer el día no encontré su cuerpo. Desde entonces, por las noches, me gusta oír las estrellas; son como quinientos millones de cascabeles...
>
> ANTOINE DE SAINT-EXUPÉRY
> *El Principito*

El duelo es el doloroso proceso normal de elaboración de una pérdida, tendiente a la adaptación y armonización de nuestra situación interna y externa frente a una nueva realidad.

Elaborar el duelo significa ponerse en contacto con el vacío que ha dejado la pérdida de lo que no está, valorar su importancia y soportar el sufrimiento y la frustración que comporta su ausencia.

Convencionalmente podríamos decir que un duelo se ha completado cuando somos capaces de recordar lo perdido sintiendo poco o ningún dolor. Cuando hemos aprendido a vivir sin él, sin ella, sin eso que no está. Cuando hemos dejado de vivir en el pasado y podemos invertir de nuevo toda nuestra energía en nuestra vida presente y en los vivos a nuestro alrededor.

Estas son *algunas* de las sensaciones corporales que sienten los que están de duelo. Es el llamado duelo del cuerpo.

Náuseas
Palpitaciones
Opresión en la garganta
Dolor en la nuca
Nudo en el estómago
Dolor de cabeza
Pérdida de apetito
Insomnio
Fatiga
Sensación de falta de aire
Punzadas en el pecho
Pérdida de fuerza
Dolor de espalda
Temblores
Hipersensibilidad al ruido
Dificultad para tragar
Oleadas de calor
Visión borrosa

Y estas son algunas de las conductas más habituales después de una pérdida importante.

Llorar
Suspirar
Buscar y llamar al ser querido que no está
Querer estar solo, evitar a la gente
Dormir poco o en exceso
Distracciones, olvidos, falta de concentración
Soñar o tener pesadillas
Falta de interés por el sexo
No parar de hacer cosas o apatía

RECOMENDACIONES PARA RECORRER EL CAMINO DE LAS LÁGRIMAS (Y SOBREVIVIR)

> *El pesar oculto, como un horno cerrado,*
> *quema el corazón hasta reducirlo en cenizas.*
>
> WILLIAM SHAKESPEARE

1. PERMITITE ESTAR DE DUELO

Date el permiso de sentirte mal, necesitado, vulnerable...

Podés pensar que es mejor no sentir el dolor, o evitarlo con distracciones y ocupaciones pero, de todas maneras, con el tiempo lo más probable es que el dolor salga a la superficie. Mejor es ahora. Aceptá que posiblemente no estés demasiado interesado en tu trabajo ni en lo que pasa con tus amistades durante un tiempo, pero metete en el duelo con todas sus consecuencias. Tu vida será diferente mientras recorrés este camino, muy probablemente tendrás que cambiar transitoriamente algunos hábitos, seguramente te sientas vacío...

Permitite sentir el dolor plenamente porque el permiso es el primer paso de este camino y ningún camino se termina si antes no se comienza a recorrerlo.

2. ABRÍ TU CORAZÓN AL DOLOR

Registrá y expresá las emociones que surjan, no las reprimas.

No te hagas el fuerte, no te guardes todo para adentro. Con el tiempo el dolor irá disminuyendo. Si hay algo que opera siempre aliviando el trayecto es justamente encontrar la forma y darse el permiso de sentir y expresar el dolor, la tristeza, la rabia, el miedo por lo perdido. Recorrer el camino de punta a punta es condición para cerrar y sanar las heridas. Y este camino se llama el camino de las lágrimas. Permitite el llanto. Te merecés el derecho de llorar cuanto sientas. Posiblemente sufriste un golpe brutal, la vida te sorprendió, los demás no supieron entender, el otro partió dejándote solo. Nada más pertinente que volver a nuestra vieja capacidad de llorar nuestra pena, de berrear nuestro dolor, de moquear nuestra impotencia. No escondas tu dolor. Compartí lo que te está pasando con tu familia y tus amigos de confianza... Llorar es tan exclusivamente humano como reír. El llanto actúa como una válvula liberadora de la enorme tensión interna que produce la pérdida. Podemos hacerlo solos si esa es nuestra elección, o con nuestros compañeros de ruta para compartir su dolor, que no es otro que nuestro mismo dolor. Cuando las penas se comparten su peso se divide. Cuando el alma te duele desde adentro no hay mejor estrategia que llorar.

No te guardes todo por miedo a cansar o molestar. Buscá a aquellas personas con las cuales podés expresarte tal como estás. Nada es más impertinente y perverso que interrumpir tu emoción con tus estúpidos condicionamientos de tu supuesta fortaleza protectora del prójimo.

3. RECORRER EL CAMINO REQUIERE TIEMPO

Dicen que el tiempo lo cura todo. Pero cuidado, el tiempo solo quizás no alcance. Lo que realmente puede ayudar es lo que cada uno hace con el tiempo.

No te hagas expectativas mágicas. Estate preparado para las recaídas. Un suceso inesperado, una visita, el aniversario, la Navidad te vuelven al principio, es así.

No podés llorar hoy lo de mañana, ni seguir llorando lo de ayer. Para hoy es tu llanto de hoy, para mañana el de mañana.

¿Estás utilizando este día para aceptar que estás de duelo, para reconocer que lo perdido ha muerto y no lo vas a recuperar?

¿Estás utilizando el día de hoy para sentir tus emociones intensamente y para expresar el dolor que supone esta pérdida?

¿Estás utilizando este día para aprender a vivir sin esa persona querida?

¿Estás utilizando el día para volver a centrarte en vos mismo?

Viví solamente un día cada día.

4. SÉ AMABLE CONTIGO

Aunque las emociones que estás viviendo sean muy intensas y displacenteras (y seguramente lo son) es importante no olvidar que son siempre pasajeras... Uno de los momentos más difíciles del duelo suele presentarse después de algunos meses de la pérdida, cuando los demás comienzan a decirte que ya tendrías que haberte recuperado. Sé paciente. No te apures. Jamás te persigas creyendo que ya deberías sentirte mejor. Tus tiempos son tuyos.

Recordá que el peor enemigo en el duelo es no quererse.

5. NO TENGAS MIEDO DE VOLVERTE LOCO

Todos podemos vivir sentimientos intensos de respuesta a la situación de duelo sin que esto te lleve a ningún desequilibrio. La tristeza, la bronca, la culpa, la confusión, el abatimiento y hasta la fantasía de morir son reacciones habituales y comunes a la mayoría de las personas después de una pérdida importante o de la muerte de un ser querido.

Necesitás sentir el dolor y todas las emociones que lo acompañan: tristeza, rabia, miedo, culpa... Habrá personas que te dirán: *"Tenés que ser fuerte"*. No les hagas caso.

6. APLAZÁ ALGUNAS DECISIONES IMPORTANTES

Decisiones como vender la casa, dejar el trabajo o mudarte a otro lugar son trascendentes, y se deben tomar en momentos de suma claridad; dado que un cierto grado de confusión es inevitable en el recorrido de este camino, sería preferible dejarlas para más adelante.

Con el mismo razonamiento sobre todo en los primeros tiempos inmediatos a la pérdida no parece conveniente iniciar una nueva pareja, decidir un embarazo, acelerar un casamiento. Podríamos lamentarlo después.

Hay urgencias que no se pueden postergar, pero conviene respetar la norma de no cruzar los puentes antes de llegar a ellos.

7. NO DESCUIDES TU SALUD

Muchos de los que recorren el camino están tan ocupados en su proceso interno, están tan atentos a su sentir penoso que no prestan atención a su propio cuerpo. Pasados los primeros días puede resultar muy útil que decidas por unas semanas imponerte un horario para levantarte, un horario para las comidas, una hora para acostarte... y lo sigas. Alimentate bien y no abuses del tabaco, del alcohol, ni de los medicamentos. De hecho si para ayudarte en estos momentos fuera necesario tomar algún medicamento, deberá ser siempre a criterio de un médico y nunca por los consejos de familiares, amigos y vecinos bien intencionados. De todas maneras es bueno no deambular "buscando" el profesional que acepte recetar los psicofármacos para "no sentir", porque lejos de ayudar pueden contribuir a cronificar el duelo.

8. AGRADECÉ LAS PEQUEÑAS COSAS

Es necesario valorar las cosas buenas que seguimos encontrando en nuestra vida en esta situación de catástrofe. Sobre todo, algunos vínculos que permanecen (familiares, amigos, pareja, sacerdote, terapeutas), aceptadores de mi confusión, de mi dolor, de mis dudas y seguramente de mis momentos más oscuros. Para cada persona lo que hay que agradecer es diferente: seguridad, contención, presencia y hasta silencio.

9. ANIMATE A PEDIR AYUDA

No interrumpas tu conexión con los otros, aunque ellos no estén hoy recorriendo este camino. Necesitás su presencia, su apoyo, su pensamiento, su atención. Dales la oportunidad a tus amigos y seres queridos de estar cerca. Todos los que te quieren desearían ayudarte, aunque la mayoría no sabe cómo hacerlo. Algunos tienen miedo de ser entrometidos. Otros creen que te lastiman si te recuerdan tu pérdida. Necesitás que te escuchen, no que te den su opinión de lo que deberías hacer, sentir o decidir. No te quedes esperando su ayuda y mucho menos pretendiendo que adivinen.

Pedí lo que necesitás. No es más sabio ni más evolucionado el que no precisa ayuda, sino el que tiene conciencia y valor para pedirla cuando la necesita.

10. PROCURÁ SER PACIENTE CON LOS DEMÁS

Ignorá los intentos de algunas personas de decirte cómo tenés que sentirte y por cuánto tiempo, no todos comprenden lo que estás viviendo. Amorosamente intentarán que olvides tu dolor, lo hacen con buenas intenciones, para no verte triste, teneles paciencia pero no te ocupes de complacerlos. Más bien apartate un poco gentilmente y buscá a quienes puedan permitirte "estar mal" o desahogarte sin miedo cuando lo sentís así. De todas maneras quizás sea mejor que durante un tiempo prestes más atención a la intención de quienes te rodean que a lo que dicen en palabras. A veces los que uno pensaba que serían los mejores compañeros de ruta no pueden compartir tu momento. Soportan tan mal el dolor ajeno que interrumpen tu proceso y retrasan tu paso hacia el final del camino. De todas maneras, una vez más, no te fastidies con ellos por eso.

11. MUCHO DESCANSO, ALGO DE DISFRUTE Y UNA PIZCA DE DIVERSIÓN

Date permiso para sentirte bien, reír con los amigos, hacer bromas. Es tu derecho y además será de gran ayuda que busques, sin forzar tu propio ritmo, momentos para disfrutar. Recordá que hasta el ser querido que no está querría lo mejor para vos. Los malos momentos vienen por sí solos, pero es voluntaria la construcción de buenos momentos. Empezá por saber con certeza que hay una vida después de una pérdida, prestale atención a las señales y oportunidades a tu alrededor. No las uses si no tenés ganas, pero no dejes de registrarlas.

12. CONFIÁ EN TUS RECURSOS PARA SALIR ADELANTE

Acordate de cómo resolviste anteriores situaciones difíciles de tu vida.

Si querés sanar tu herida, si no querés cargar tu mochila con el peso muerto de lo perdido, no basta pues con esperar a que todo se pase o con seguir viviendo como si nada hubiera pasado. Necesitás dar algunos pasos difíciles para recuperarte. No existen atajos en el camino de las lágrimas.

Vas a vivir momentos duros y emociones displacenteras intensas en un momento en el que estás muy vulnerable. No te exijas demasiado. Respetá tu propio ritmo de curación y creéme cuando te digo esto: Estás en condiciones de afrontar lo que sigue, porque si estás en el camino, lo peor ya ha pasado.

Confiá en vos por encima de todas las dificultades, y si lo hacés te garantizo que no te defraudarás. El pensamiento positivo te transforma siempre en tu propio entrenador.

13. ACEPTÁ LO IRREVERSIBLE DE LA PÉRDIDA

Aunque sea la cosa más difícil que has hecho en toda tu vida, ahora tenés que aceptar esta dura realidad: Estás en el camino de las lágrimas y no hay retorno. El camino sólo sigue hacia adelante. Mientras creas en algún pequeño lugarcito que el otro volverá, que la situación va a volver a ser la que era, que el muerto va a regresar, nunca terminarás el recorrido.

La muerte siempre llega demasiado tarde o demasiado temprano. Siempre es un mal momento para que la gente se muera.

Hablar de tu pérdida, contar las circunstancias de la muerte, visitar el cementerio o el lugar donde se esparcieron los restos, todo puede ayudar poco a poco a ir aceptando el hecho de la pérdida. De hecho, si existe una remota posibilidad de que la pérdida no sea definitiva, deberás elegir entre seguir esperando y no recorrer el camino o decidir que es definitiva aunque los hechos permitan una tenue esperanza. De todas maneras no te dañará haber recorrido el camino si lo que diste por perdido aparece, pero puede dañarte mucho seguir esperando lo que nunca sucederá. (Sabemos cuánto más difícil es aceptar la pérdida de un ser querido si nunca pudiste ver el cadáver o nunca se recuperó.)

Es una gran tentación quedarse refugiado en la idea de que desde el cielo el otro está y me cuida. No tiene nada de malo la creencia religiosa de cada uno, al contrario, es un excelente aliado, pero cuidado con utilizarla para minimizar su desaparición física. Cuidado con llegar a creer que entonces no necesito hacer el duelo.

14. ELABORAR UN DUELO NO ES OLVIDAR

El proceso de duelo permite buscar para tu ser querido el lugar que merece entre los tesoros de tu corazón.

Es poder pensar en él, y no sentir ya ese latigazo de dolor.

Es recordarlo con ternura y sentir que el tiempo que compartiste con él o con ella fue un gran regalo.

Y esto es cierto para todas las pérdidas. La elaboración permite darle un sentido a todo lo que has vivido hasta aquí con lo ausente.

Es entender con el corazón en la mano que el amor no se acaba con la muerte.

15. APRENDÉ A VIVIR DE "NUEVO"

Hacer el duelo significa también aprender a vivir sin algo, sin alguien, de otra forma.

Es aprender a tomar nuevas decisiones por vos mismo, aprender a desempeñar tareas que antes hacía otro, aprender nuevas formas de relación con la familia y los amigos, aprender a vivir con algo menos. A veces este aprendizaje no incluye a otros, el duelo es aprender a vivir sin esa capacidad que he perdido. La experiencia es muchas veces un maestro muy cruel.

16. CENTRATE EN LA VIDA Y EN LOS VIVOS

Llega un momento en que sabés que es necesario soltar el pasado. La vida te espera llena de nuevas posibilidades.

No hay nada malo en querer disfrutar, en querer ser feliz, en querer establecer nuevas relaciones... En el caso de la pérdida de una pareja, no hay motivo para avergonzarse si aparece de nuevo el deseo sexual. En realidad, el corazón herido cicatriza abriéndose a los demás. El duelo es establecer que lo muerto queda afuera pero mi vida continúa.

Una adolescente escribió a su madre después de perder a su padre: *"Existen otras personas a las que amar, y eso no significa que quiero menos a papá"*.

17. DEFINÍ TU POSTURA FRENTE A LA MUERTE

La idea de "qué significa morirse" es tan teórica que vivencialmente puede ser diferente para cada uno. Lo que importa no es coincidir en una posición respecto a la muerte sino establecer que es una de las cosas que cada uno tiene que tener definidas. Hay muchos temas que pueden estar sin resolver, pero hay cuatro o cinco que es necesario tener "acomodados":
la identidad sexual,
la posición filosófica,
la relación con los padres,
el proyecto de vida,
y la postura frente a la muerte.

¿Qué sucede después de la muerte?
¿Cómo lo van a saber si nadie lo sabe?

No importa cuál sea su postura, les puedo asegurar que después de la muerte va a pasar lo que ustedes creen que va a pasar.
En el fondo lo mismo da.
Si ustedes creen que se van a reencarnar, está bien; si creen que se van al cielo o al infierno, está bien; si ustedes creen que no hay nada más, está bien. Lo que sea que crean, está bien. Pero tienen que tener una posición tomada.

Le preguntaron a Woody Allen, una vez, si él creía que había vida después de la muerte. Allen contestó que no sabía, que estaba muy ocupado tratando de saber si podía vivir un poco <u>antes</u> de morir.

18. VOLVÉ A TU FE

Algunas cosas simplemente no son para ser manejadas por uno solo. Incluso toda la ayuda que podés tener puede no proporcionar la comodidad que realmente se necesita para sostener lo que sucedió.

Muchas personas encuentran que llevar estos problemas a Dios es una manera tranquilizadora de aligerar la carga que hace que el corazón les pese.

Después del primer momento donde la furia tiene a Dios como uno de sus destinatarios favoritos, es útil regresar a la iglesia, al templo, a la charla con el sacerdote o pastor.

Es el momento de aprender a no pedir que las cosas se resuelvan de la manera que quisiéramos que resultaran, sino pedir en su lugar que Dios nos ayude a aceptar los cambios y nos ayude a ver las opciones.

19. BUSCÁ LAS PUERTAS ABIERTAS

Estamos a veces tan cegados por nuestra propia cólera, dolor o desgano que no vemos las "nuevas puertas" que se abren.

Todos hemos oído la frase "Cuando una puerta se cierra, otra se nos abre". Creo que es verdad; pero sucede que a veces no estamos dispuestos a dar vuelta al picaporte.

Es fácil pensar *"¿Qué de bueno podría venir de esta pérdida?"* y sin embargo cada día oímos historias de gente que ha superado batallas físicas, mentales y emocionales para alcanzar contra todas las probabilidades objetivos impensados. Leé sobre algunos "milagros médicos" y vas a tener una buena idea de lo que hablo. Leé la vida de Helen Keller y no vas a tener ninguna duda.

20. CUANDO TENGAS UNA BUENA PARTE DEL CAMINO YA RECORRIDA, HABLALES A OTROS SOBRE TU EXPERIENCIA

No minimices la pérdida, ni menosprecies tu camino. Contar lo que aprendiste en tu experiencia es la mejor ayuda para sanar a otros haciéndoles más fácil su propio recorrido, e increíblemente facilita tu propio rumbo.

Quiero terminar el capítulo con este cuento...

Un pescador va todas las noches hasta la playa para tirar su red; sabe que cuando el sol sale, los peces vienen a la playa a comer almejas, por eso siempre coloca su red antes de que amanezca.

Tiene una casita en la playa y baja muy de noche con la red al hombro.

Con los pies descalzos y la red medio desplegada entra en el agua.

Esta noche de la cual habla el cuento, cuando está entrando siente que su pie golpea contra algo muy duro en el fondo.

Toquetea y ve que es algo duro, como unas piedras envueltas en una bolsa.

Le da bronca y piensa "quién es el tarado que tira estas cosas en la playa". Y se corrige "en mi playa".

"Y encima yo soy tan distraído, que cada vez que entre me las voy a llevar por delante..." Así que deja de tender la red, se agacha, agarra la bolsa y la saca del agua. La deja en la orilla y se mete con la red adentro del agua.

Está todo muy oscuro, y quizás por eso, cuando vuelve, otra vez se lleva por delante la bolsa con las piedras, ahora en la playa.

Y piensa "soy un tarado".

Así que saca su cuchillo y abre la bolsa y tantea. Hay unas cuantas piedras del tamaño de pequeños pomelos pesados y redondeados.

El pescador vuelve a pensar "quién será el idiota que embolsa piedras para tirarlas al agua".

Instintivamente toma una, la sopesa en sus manos y la arroja al mar.

Unos segundos después siente el ruido de la piedra que se hunde a lo lejos. ¡Plup!

Entonces mete la mano otra vez y tira otra piedra. Nuevamente escucha el ¡plup!

Y tira esta para el otro lado, ¡plaf! Y luego lanza dos a la vez y siente ¡plup-plup! Y trata de tirarlas más lejos y de espaldas y con toda la fuerza, ¡plup-plaf!...

Y se entretiene, escuchando los diferentes sonidos, calculando el tiempo y probando de a dos, de a una, a ojos cerrados, de a tres... tira y tira las piedras al mar.

Hasta que el sol empieza a salir.

El pescador palpa y toca una sola piedra adentro de la bolsa.

Entonces se prepara para tirarla más lejos que las demás, porque es la última y porque el sol ya sale.

Y cuando estira el brazo hacia atrás para darle fuerza al lanzamiento el sol empieza a alumbrar y él ve que en la piedra hay un brillo dorado y metálico que le llama la atención.

El pescador detiene el impulso para arrojarla y la mira. La piedra refleja el sol entre el moho que la recubre. El hombre la frota como si fuera una manzana, contra su ropa, y la piedra empieza a brillar más todavía. Asombrado la toca y se da cuenta de que es metálica. Entonces empieza a frotarla y a limpiarla con arena y con su camisa, y se da cuenta de que la piedra es de oro puro. Una piedra de oro macizo del tamaño de un pomelo. Y su alegría se borra cuando piensa que esta piedra es seguramente igual a las otras que tiró.

Y piensa "qué tonto he sido".

Tuvo entre sus manos una bolsa llena de piedras de oro y las fue tirando fascinado por el sonido estúpido de las piedras al entrar al agua. Y empieza a lamentarse y a llorar y a dolerse por las piedras perdidas y piensa que es un desgraciado, que es un pobre tipo, que es un tarado, un idiota...

Y empieza a pensar si entrara y se consiguiera un traje de buzo y si fuera por abajo del mar, si fuera de día, si trajera un equipo de buzos para buscarlas, y llora más todavía mientras se lamenta a los gritos...

El sol termina de salir.

Y él se da cuenta de que todavía tiene la piedra, se da cuenta de que el sol podría haber tardado un segundo más o él podría haber tirado *la piedra más rápido, de que podría no haberse enterado nunca del tesoro que tiene entre las manos.*

Se da cuenta finalmente de que tiene un tesoro, y de que este tesoro es en sí mismo una fortuna enorme para un pescador como él.

Y se da cuenta de la suerte que significa poder tener el tesoro que todavía tiene.

Ojalá podamos ser sabios para no llorar por aquellas piedras que quizás desprevenidamente desperdiciamos, por aquellas cosas que el mar se llevó y tapó y podamos, de verdad, prepararnos para ver el brillo de las piedras que tenemos y disfrutar en el presente eterno de cada una de ellas.

CAPÍTULO 5. ETAPAS DEL CAMINO

Imaginemos que alguien se lastima. Supongamos un joven sano jugando al fútbol descalzo con sus amigos en un campo. Corriendo un pase para meter un gol pisa algo filoso, una piedra, un pedazo de vidrio, una lata vacía, y se lastima. El joven sigue corriendo, alcanza la pelota y a pesar del dolor que siente al afirmar el pie para patear le pega a la pelota con toda su fuerza venciendo al arquero y ganando el partido. Todos festejan. Un compañero le advierte de la mancha roja que deja en el pasto en cada pisada. El joven se sienta en un banco y al mirarse la planta del pie se da cuenta del pequeño tajo sangrante que tiene cerca del talón.

¿Cómo sería la evolución normal y saludable para esta herida? ¿Cuáles son las etapas por las que va a pasar esta herida?

Tal como vimos, muchas veces, en un primer momento todo ocurre como si no pasara nada. El muchacho sigue corriendo la pelota, la señora sigue cortando el pan con el cuchillo filoso y el carpintero no nota que se lastimó hasta que una gota de sangre mancha la madera. En ese primer instante, muchas veces ni siquiera hay sangre; el cuerpo hace una vasoconstricción, achica el calibre de los vasos sanguíneos, inhibe los estímulos nerviosos, y establece un período de impasse, un mecanismo de defensa, más fugaz cuanto mayor sea la herida. Inmediatamente aparece el dolor agudo, intenso y breve, a veces desmedido, que es la primera respuesta concreta del cuerpo que avisa que algo realmente ha pasado.

Y después la sangre, que brota de la herida en proporción al daño de los tejidos.

La sangre sigue saliendo hasta que el cuerpo naturalmente detiene la hemorragia. En la herida se produce un tapón de fibrina, plaquetas y glóbulos: el coágulo, que sirve entre otras cosas para que la herida no siga sangrando.

Cuando está el coágulo hecho, empieza la etapa más larga del proceso. El coágulo se retrae, se seca, se arruga, se vuelve duro y se mete para dentro. El coágulo se transforma en lo que vulgarmente llamamos "la cascarita".

Pasado un tiempo, los tejidos nuevos que se están reconstruyendo de lo profundo a lo superficial empujan "la cascarita" y la desplazan hacia afuera hasta que se desprende y cae.

La herida de alguna manera ya no duele, ya no sangra, está curada; pero queda la marca del proceso vivido: la cicatriz.

Etapas de sanación de una herida

1. Vasoconstricción
2. Dolor agudo
3. Sangrado
4. Coágulo
5. Retracción del coágulo
6. Reconstrucción tisular
7. Cicatriz

Este es más o menos el proceso evolutivo normal de una herida cortante. Si esto no sucede, algo puede estar funcionando mal. Quiero decir, si un paciente ante una herida cortante más o menos importante no sangra, está mal. Uno podría pensar "mirá qué suerte, no perdió sangre"; a veces puede no ser una gran suerte, un herido en estado de shock no sangra y podría morir.

Y por supuesto cuanto más grande es la herida, más larga, más tediosa y más peligrosa es cada etapa. Siempre es así, cuanto más grande es la herida, más tarda en cicatrizar y más riesgo hay de que algo se complique en algún momento de la evolución. Si nos estancamos en cualquiera de estas etapas siempre vamos a tener problemas.

De todas maneras no traigo esto para explicar cómo evoluciona una herida cortante sino porque hace poco me sorprendí al darme cuenta de la enorme correspondencia que existe entre las etapas que cada uno puede deducir por su propia experiencia con lastimaduras y la situación aparentemente compleja de elaborar un duelo.

Un duelo es, como hemos dicho, la respuesta normal a un estímulo, un hecho que nos hiere y que llamamos pérdida. Porque la muerte de un ser querido es una herida, dejar la casa paterna es una herida, irse a vivir a otro país es una herida, romper un matrimonio es una herida. Cada pérdida funciona, en efecto, como una interrupción en la continuidad de lo cotidiano, como una cortadura es una interrupción en la integridad de la piel.

Si entendimos cómo se sana una herida, vamos a tratar de deducir juntos qué pasa con la elaboración de un duelo.
Por esta coherencia del ser humano veremos que los pasos que sigue la sanación emocional son básicamente los mismos, no se llaman igual, pero como vamos a ver, con un poco de suerte, quizás resulten equivalentes. Vamos a tomar como ejemplo de pérdida la situación de muerte de un ser querido.

Cuando nos enteramos de la muerte de alguien muy querido lo primero que sucede es que decimos *"no puede ser"*.
Pensamos que debe ser un error, que no puede ser, decimos internamente que no, pensamos que es demasiado pronto, que no estaba previsto, que en realidad *"estaba todo bien"*...
Esta primera etapa se llama la <u>etapa de la incredulidad</u>.

Y aunque la muerte sea una muerte anunciada, de todas maneras hay un momento donde la noticia produce un shock. Hay un impasse, un momento de negación y cuestionamiento donde no hay ni dolor; la sorpresa y el impacto nos llevan a un proceso de confusión donde no entendemos lo que nos están diciendo. Por supuesto que cuanto más imprevista, más inesperada, sea la muerte, cuanto más asombrosa sea la situación, más profunda será la confusión, más importante será el tiempo de incredulidad y más durará.

Esto tiene un sentido, el mismo que tiene en la herida la situación de impasse, este es "economizar" la respuesta cicatrizadora si la cosa no tiene importancia y es algo que va a pasar rápidamente; bien, la psiquis también se protege hasta evaluar ...por las dudas ...por si fue un error ...por si acaso sea yo el que haya entendido mal. Nos protegemos desconfiando de la realidad, entrando en confusión para permitirnos la distancia de esta situación.

No se puede pasar directamente de la percepción a la acción o de la percepción al contacto, va a tener que existir un proceso, va a tener que pasar un tiempo. Y este tiempo que hace falta se logra forzando mediante este pequeño congelamiento del shock la no-respuesta.

Así que la primera cosa que va a pasar es que la persona va a tener un momento donde va a estar absolutamente paralizada en su emoción, en su percepción, en su vivencia, y lo que va a tener es un momento de negación, de desconfianza, un tiempo de impasse entre la parálisis y el deseo de salir corriendo hacia un lugar donde esto no esté pasando, la fantasía de despertar y que todo sea nada más que un sueño.

Esta etapa puede ser un momento, unos minutos, unas horas o días como sucede en el duelo normal, o puede volverse una negación feroz y brutal. En los niños esta historia funciona a veces con un rigor absoluto; y mientras el mundo y su familia están evolucionando el chico está como si no hubiera pasado nada, está paralizado en esta situación, en realidad negando todo lo acontecido porque no sabe por dónde metabolizarlo. A veces pasa, en medio de un velatorio, con un chico que tiene 10, 12, 15 años y a veces más y está como si nada. Uno piensa que debería ser totalmente consciente de lo que está pasando, y entonces pregunta:

—¿No quería a su abuelo, a su madre, a su hermano?
—Lo quería muchísimo, estamos todos muy sorprendidos.

Está en esta etapa de la incredulidad, a veces en situación de negación patológica y muchas otras en una normal respuesta de defensa frente a lo terrible, un intento no demasiado consciente de NO enloquecer.

La llamo "de negación" con fines didácticos aunque en realidad en este momento lo fundamental no es la negación sino un estado confusional. La persona en cuestión no entiende nada, no sabe nada de lo que pasa y aunque aparezca a veces muy conectado no tiene cabal registro de lo que está sucediendo.

Cuando se consigue traspasar esa etapa de incredulidad no tenemos más remedio que conectarnos con el agudo dolor del darnos cuenta.
Y el dolor de la muerte de un ser querido en esta etapa es como si nos alcanzara un rayo. Después de todos nuestros intentos para ignorar la situación, de pronto nos invade toda la conciencia junta de que el otro murió. Y entonces la situación nos invade, nos desborda, nos tapa, de repente un golpe emocional tan grande desemboca en una brusca explosión.
Esta explosión dolorosa es la segunda etapa del duelo normal. Es la <u>etapa de la regresión</u>.
¿Y por qué la llamamos "regresión"?
Porque lo que en los hechos sucede es que uno llora como un chico, uno patalea, uno grita desgarradoramente, demostraciones para nada racionales del dolor y absolutamente desmedidas. Ac-

tuamos como si tuviéramos cuatro o cinco años. No hay palabras concretas, no decimos cosas que tengan sentido, lo único que hacemos es instalarnos en estado continuo de explosión emocional. Intentar razonar con nosotros en ese momento es tan inútil como sería intentar explicarle a un niño de cuatro añitos por qué su ranita fue aplastada por el auto.

En esta etapa tampoco hay ninguna posibilidad de que quien está de duelo nos escuche. El de la primera etapa porque estaba en shock por la noticia, negando, evitando y confundido; este otro porque está desbordado por sus emociones, absolutamente capturado por sus aspectos más primarios, sin ninguna posibilidad de conectarse, en pleno dolor irracional.

Así como en la herida física de pronto el dolor me avisó y me di cuenta de que me había lastimado, y cuando supe empecé a sangrar, así mismo cuando las emociones desbordadas empiezan a salir para afuera, empiezo a sangrar.

Y la sangre que sale no es la de la tristeza. Es el primer sangrado, la tercera etapa, la que empieza tras tener conciencia de lo que pasó: se llama la <u>etapa de la furia</u>.

Ya he llorado, ya he gritado, ya he moqueado, ya me arrastré por el piso, ya hice todo lo irracional que me conectaba al dolor infinito, ya intenté negar lo que pasaba y ahora irremediablemente, a veces más rápido y otras más lento, a veces con más tiempo y a veces con menos, llega un momento de furia.

Furia es bronca, mucha, mucha, mucha bronca. A veces muy manifiesta como bronca y otras veces disimulada, pero siempre hay un momento en el que nos enojamos.

¿Con quién? Depende.

A veces nos enojamos con aquellos que consideramos responsables de la muerte: los médicos que no lo salvaron, el tipo que manejaba el camión con el que chocó, el piloto del avión que se cayó, la compañía aérea, el señor que le vendió el departamento que se incendió, la máquina que se rompió, el ascensor que se cayó, etc., etc. Nos enojamos con todos para poder pensar que tiene que haber alguien a quien responsabilizar de todo esto.

O nos enojamos con Dios. Si no encontramos a nadie y aun encontrándolo nos ponemos furiosos con Dios y empezamos a cuestionarlo.

O quizás nos enojamos con la vida, literalmente con la vida, con la circunstancia, con el destino. Y empezamos a putear y reputear la vida que nos arrebata el ser querido.

Lo cierto es que con Dios, con la vida, con uno mismo, con el otro, con el más allá, con alguien, siempre hay un momento en el que conectamos con la furia. Ahora con este y después con otro.

O no. En lugar de eso o además de eso nos enojamos con el que se murió. Nos ponemos furiosos porque nos abandonó, porque se fue, porque no está, porque nos dejó justo ahora, porque se muere en el momento que no era el adecuado, porque no estábamos preparados, porque no queríamos, porque nos duele, porque nos molesta, porque nos fastidia, porque nos complica, porque nos jode, porque nos caga, porque, porque, porque, sobre todo porque nos dejó solos de él, solos de ella.

A veces si muere mi mamá, me enojo con mi papá porque sobrevivió. Me enojo con el hermano mayor de mi viejo, porque él vive y mi papá se murió.

Sea con el afuera, sea con las circunstancias, sea con Dios, con la religión, con el vecino, sea con el que no tiene nada que ver o con quien sea, me enojo.

Me enojo con cualquiera a quien pueda culpar de mi sensación de ser abandonado.

No importa si es razonable o no, el hecho es que me enojo.

Pero ¿cómo puede ser que yo me enoje?

La verdad es que yo sé que los otros no son culpables de esto que los acuso. Lo que pasa es que la furia tiene una función, como la tiene el sangrado.

Esta furia está allí para producir algunas cosas, como la sangre sale para permitir el proceso que sigue.

La furia tiene como función anclarnos a la realidad, traernos de la situación catastrófica de la regresión y prepararnos para lo que sigue; tiene como función terminar con el desborde de la etapa anterior pero también intentar protegernos, por un tiempo más, del dolor de la tristeza que nos espera.

Escribí una vez un cuentito apoyado en alguna historia que escuché en España, y que muchos años después supe que ya había inspirado a Khalil Gibrán.

Mi cuento se llama "La tristeza y la furia" y para los que no lo conocen, brevemente, es más o menos así:

A un estanque mágico llegaron una vez a bañarse haciéndose mutua compañía la tristeza y la furia.

Llegaron junto al agua, se sacaron las ropas, y desnudas entraron a bañarse.

La furia, apurada, como siempre, inquieta sin saber por qué, se bañó y rápidamente salió del estanque. Pero como la furia es casi ciega se puso la primera ropa que manoteó, que no era la suya, sino la de la tristeza. Vestida de tristeza, la furia se fue como si nada pasara. La tristeza, tranquila y serena, tomándose el tiempo del tiempo, como si no tuviera ningún apuro, porque nunca lo tiene, mansamente se quedó en el agua bañándose mucho rato y cuando terminó, quizás aburrida del agua, salió y se dio cuenta de que no estaba su ropa. Si hay algo que a la tristeza no le gusta es quedar al desnudo, así que para no estar así, al descubierto, se puso la única ropa que había, la ropa de la furia. Y así vestida de furia siguió su camino. Cuentan que a veces cuando uno ve al otro furioso, cruel, despiadado y ciego de ira, parece que estuviera enojado, pero si uno se fija con cuidado se da cuenta de que la furia es un disfraz y que detrás de esa furia salvaje se esconde en realidad la tristeza.

Esta furia que aparece aquí, en esta tercera etapa, es la furia que esconde la tristeza que se viene. La tristeza todavía no va a aparecer porque el cuerpo está preparándose para soportarla. Por ahora la furia es lo que priva y, si todo va bien, va a pasar.

Pero hemos visto que para que pare la sangre habrá que taponar la herida con algo. Algo que sea justamente el resultado del sangrar. Porque si el paciente siguiera sangrando se moriría. Si el paciente siguiera furioso se moriría agotado, destrozado por la furia.

Algo tendrá que parar esta sangre, algo tendrá que actuar como tapón, como si fuera un coágulo. Este derivado <u>construido de la misma sustancia de la furia</u> que la reemplaza y la frena se llama culpa.

En el proceso natural de la elaboración de un duelo aparece tarde o temprano una <u>etapa de la culpa</u>. Nos empezamos a sentir culpables. Culpables por habernos enojado con el otro (se murió y yo encima puteándolo). Culpables por enojarnos con otros. Culpables con Dios. Culpables por no haber podido evitar que muriera. Y empezamos a decirnos estas estupideces:

... por qué le habré dicho que vaya a comprar eso...
... si no le hubiera prestado el auto...
... si yo no le hubiera pagado el pasaje no podría haber ido a Europa...
... debería haberlo mandado al médico...
... si lo hubiera presionado un poco más se habría salvado...
... si yo hubiera estado entonces no habría muerto...
... quizás me llamó y yo no estaba...

¿Para qué hacemos esto?
Sabemos lo que se viene, y estamos intentando defendernos. Estas fantasías omnipotentes intentan salvarnos de la sensación de impotencia que seguirá después.

Culparnos es una manera de decretar que yo lo habría podido evitar, una injusta acusación por todo aquello que no pudimos hacer...

> por no haberte contado lo que nunca supiste,
> por no haberte dicho en vida
> lo que hubiéramos querido decirte,
> por no haberte dado lo que podíamos haberte dado,
> por no haber estado el tiempo
> que podíamos haber estado,
> por no haberte complacido
> en lo que podíamos haberte complacido,
> por no haberte cuidado lo suficiente,
> por todo aquello que no supimos hacer
>   y que tanto reclamabas.

Y como no puedo enojarme con vos porque me privaste del tiempo de hacerlo y porque la etapa de la furia ya pasó, estoy coagulando para salirme de la bronca, cargando con el peso de la culpa.

Pero la culpa también es una excusa, también es un mecanismo.

La culpa es, como ya lo he dicho tantas veces, una versión autodirigida del resentimiento, es la retroflexión de la bronca. Por eso digo que está configurada de la misma sustancia que la furia, como el coágulo es de la misma sustancia que la sangre. La culpa no dura porque es ficticia, y cuando se queda nos estanca en la parte mentirosa omnipotente y exigente del duelo.

Pero si no hacemos algo que nos detenga, naturalmente aparece la retracción del coágulo, como pasaba con la herida. Voy metiéndome para adentro, voy volviéndome seco. Y llego a una etapa, la quinta, desde lo subjetivo la más horrible de todas, la <u>etapa de la desolación</u>.

La etapa de la desolación es la de la verdadera tristeza.

Esta es la etapa temida. Tanto que gran parte de lo anterior pasó para evitar esto, para retrasar nuestra llegada aquí.

Aquí es donde está la impotencia, el darnos cuenta de que no hay nada que podamos hacer, que el otro está irremediablemente muerto y que eso es irreversible.

Piense yo lo que piense y crea yo lo que crea.

Crea yo en el mundo por venir o no, en el mundo de después o no, en el mundo eterno o no.

Crea yo o no que en algún lugar está mirándome y que nos vamos a encontrar, lo cierto es que en este lugar no hay nada que yo pueda hacer. Y esto me conecta con la impotencia.

Y como si fuera poco aquí está también nuestro temido fantasma, el de la soledad. La soledad de estar sin el otro, con los espacios que ahora quedaron vacíos.

Conectados con nuestros propios vacíos interiores.

Conectados con la certeza de que hemos perdido algo definitivamente.

No hay muchas cosas definitivas en el mundo, salvo la muerte.

Y ahora, darnos cuenta de todo esto.

Después de recorrer todo este camino, tenemos que retraernos, ponernos para adentro, darnos cuenta de esta sensación, la sensación de eternidad de su ausencia.

Nos damos cuenta de que las cosas no van a volver a ser como eran y no sabemos con certeza pronosticar de qué manera van a ser.

Y tomo absoluta conciencia...
y siento la sensación de ruina...
como si fuera una ciudad devastada...
como si algo hubiera sido arrasado dentro de mí...
como si yo fuera lo que queda

de una ciudad bombardeada.
(Me acuerdo de las imágenes de Varsovia
después de la destrucción de los nazis,
nada en pie, sólo escombros).
Así me siento...
como si de mi interior
sólo hubieran quedado escombros.

Este es el momento más duro del camino. En honor a esta etapa se llama el camino de las lágrimas. Esta es la etapa de la tristeza que duele en el cuerpo, la etapa de la falta de energía, de la tristeza dolorosa y aplastante.

No es una depresión, si bien se le parece, claro que se le parece.

¿En qué? En la inacción. La depresión aparece justamente cuando me declaro incapaz de transformar mi emoción en una acción. A veces los deprimidos no están tristes, están deprimidos, pero no están tristes. Y estos están tristes, no sé si están deprimidos, quizás sí, quizás no, pero lo que seguro están es desesperados... Están verdaderamente desesperados.

Pero no es la desolación de la sinrazón. Cuando nos encontramos con estas personas y los miramos a los ojos, nos damos cuenta de que algo ha pasado, de que algo se ha muerto en ellos. Y es bien triste acompañar a alguien que está en este momento. Es triste, porque comprendemos y sentimos. Porque nos "compadecemos" de lo que le pasa, quiero decir "padecemos con" esa persona. Es lógico que así sea porque quien se ha muerto en realidad es este pedacito de la persona que de alguna manera llevaba adentro.

Los intentos para salirse de esta situación tan desesperante son infinitos. Sin necesidad de que nos estemos volviendo locos para nada, puede ser que en esta etapa tengamos algunas sensaciones y percepciones extrañas:

despertar en la noche sintiendo la voz del difunto que nos habla,

escuchar la puerta como si entrara,

creer que alguien que vimos en el subte era la persona que ya no está,

sentir el ruido en la cocina, como cuando cocinaba los panqueques que siempre hacía,

escuchar en la calle misteriosamente la música que siempre escuchaba,

asistir a la extraña aparición de esa billetera que nunca estuvo aquí.

Y aunque sepamos que no es cierto tenemos la impresión de que en realidad el otro está entre nosotros.

Impresión que lleva a muy buen negocio a los espiritistas y a toda esta gente siniestra que aprovecha estos momentos, sabiendo que quien está de duelo está sumamente vulnerable.

Se trata de verdaderas seudoalucinaciones, que si bien son normales no dejan de obligarnos a pensar dónde anda nuestra salud mental.

Si vuelvo a la que fue la casa de mi abuela y percibo su olor, esto no tiene ningún misterio, es el olor del lugar que asocio con mi abuela. Ahora bien, si yo voy a un lugar donde sé que mi abuela nunca estuvo y reconozco su olor, debe ser que hay un aroma que me hace acordar al de mi abuela, y no porque mi abuela está por ahí; si se me ocurre pensarlo así posiblemente mi situación emocional me esté jugando una mala pasada. Una seudoalucinación no es una alucinación: yo sé que lo que estoy percibiendo <u>no es</u>, pero lo estoy percibiendo. Uno tiene la sensación, aunque sabe que es su cabeza la que está haciendo la trampa. Es muy fuerte pasar por estos momentos y muchos llegan a asustarse.

Durante el camino de las lágrimas algunas personas tienen tanto deseo de que sea cierto que el otro está cerca que quisieran poder percibirlo. O revuelven la casa una y otra vez buscando en algún lugar solitario la carta que el muerto debe haber dejado, el mensaje que escribió para mí, la explicación de lo inexplicable que me da ahora que no está.

Están tan deseosos y tan necesitados que a veces podrían enredarse en creer cualquier cosa. Incluso pueden por supuesto creerles a quienes les digan que es posible conectarse con la persona muerta.

Un momento de tristeza, de visiones, de creencias, de miedos y de incertidumbres. Un tiempo muy expuesto al engaño de los estafadores de ilusiones. Y así sucede, lamentablemente, demasiadas veces.

Lo malo de esta etapa de desolación es que es desesperante, dolorosa, inmanejable. Lo bueno es que pasa, y que mientras pasa, nuestro ser se organiza para el proceso final, el de la cicatrización, que es el sentido último de todo el camino.

Pero cómo podría prepararme para seguir sin la persona amada si no me encierro a vivir mi proceso interno, cómo podría reconstruirme si no me retiro un poco de lo cotidiano.

Eso hacen la tristeza y el dolor por mí, me alejan, para poder llorar lo que debo llorar y preservarme de más estímulos hasta que esté preparado para recibirlos, me conectan con el adentro para poder volver al afuera a recorrer los dos últimos tramos del camino de las lágrimas: el de la fecundidad y el de la aceptación.

Ahora podemos comparar los esquemas para confirmar la correspondencia más completa.

Herida	Duelo
★ Vasoconstricción	⇨ Incredulidad
★ Dolor agudo	⇨ Regresión
★ Sangrado	⇨ Furia
★ Coágulo	⇨ Culpa
★ Retracción del coágulo	⇨ Desolación
★ Reconstrucción tisular	⇨ Fecundidad
★ Cicatriz	⇨ Aceptación

En el final mismo de esta etapa de desolación empezamos a sentir cierta necesidad de dar, muchas veces darle algo al que se fue. Desde un punto de vista psicológico profundo quizás tenga que ver con el deseo de escaparnos de ese odioso cepo de la impotencia que siempre termina incomodándome. Salirnos de este lugar donde sentimos que no podemos hacer nada. Esta sensación inexplicable, seguramente tiene que ver con mis lazos vitales con el mundo de lo que amo.

Seguramente está muy lejos de ser la salida, pero es el principio de ella, un intento de resolver en mi cabeza lo que no puedo resolver en los hechos. Este principio de salida se llama identificación y me acerca al establecimiento de la <u>etapa de la fecundidad</u>.

De la desolación se empieza a salir identificándonos con algunos aspectos del muerto, focalizando transitoriamente algunas características para poder hacerlas mías. Cuando el proceso es normal sucede como una revalorización un poco exagerada de las virtudes reales del ausente y da lugar a la razonable crítica posterior.

Hablando de un chico que se murió puedo decir *"era tan lindo, el más inteligente del grado, era maravilloso, y estaba llamado a grandes cosas"*. Pero si sigo diciendo que era la encarnación de lo perfecto, que era el más lindo niño que nunca existió y que era demasiado para este mundo y por eso Dios lo quería con él, estoy perdido. Erré el camino y la revaloración se transformó en idealización. Ya no estoy viendo las cosas. No hay nada peor que confundir valorar con idealizar; una me permite elaborar el dolor, la otra lamentablemente es una manera de no salirse de él.

Después de haber penado y llorado la ausencia me doy cuenta de que me alegra escuchar un tango cuando antes yo nunca escuchaba tangos, que me empieza a gustar cocinar, como a ella le gustaba, o que empiezo a disfrutar de los paseos al aire libre, que en realidad nunca aceptaba compartir, y empiezo a probar los dulces caseros que ella dejó y que tanto le gustaban y termino diciendo *"pobres los viejos que siempre criticaba y ahora aquí estoy yo haciendo lo mismo"*.

Esta es la cuota de identificación irremediable con el que no está. Que empieza cuando me doy cuenta de en cuántas cosas éramos parecidos y termina cuando sin darme cuenta empiezo a hacer cosas para parecerme. El proceso de identificación es un puente a lo que sigue. ¿Por qué es un puente para empezar a salir? Porque sin identificación no puede haber fecundidad.

¿Qué es fecundidad? Es empezar a hacer algunas cosas dedicadas a esa persona, o por lo menos con conciencia de que han sido inspiradas por el vínculo que tuvimos con ella.

Voy a transformar esa energía ligada al dolor en una acción.

Este es el principio de lo nuevo. Esta es la reconstrucción de lo vital, este es el comienzo: lograr que mi camino me lleve a algo que de alguna manera se vuelva útil para mi vida o para la de otros.

Inspirados en la estructura original de los grupos de autoayuda que se expandieron por el mundo a partir de la exitosa experiencia de Alcohólicos Anónimos, se han creado infinidad de grupos autogestionados, grupos de personas que comparten lo que les ha pasado. Hay grupos de padres que han perdido un hijo, grupos de huérfanos, grupos de familiares de accidentados, grupos de gente que sufre de la misma enfermedad que yo sufro.

"Grupos de tarea" que se ocupan de brindar ayuda a aquellos que atraviesan un momento del camino que ellos ya recorrieron y que son la materialización de esto que estoy llamando duelo. La transformación del duelo sólo doloroso y aislado en una historia que le dé un sentido adicional a la propia vida.

Si esto se puede hacer entonces se llegará a la aceptación.

La útima etapa del camino de las lágrimas, el equivalente de la cicatrización, es la <u>etapa de la aceptación</u>.

Aceptación quiere decir dos cosas. La primera es discriminarse. La palabra no es linda, pero no hay otra. Discriminarse de la persona que se murió, separarse, diferenciarse, asumir sin lugar a dudas que esa persona murió y yo no. Quiere decir que el muerto no soy yo. Quiere decir, la vida terminó para ella o para él, pero no terminó para mí. Quiere decir resituarse en la vida que sigue.

La segunda cosa que quiere decir aceptar es "interiorizar".

Recuerden, venimos de la identificación (Él era como yo) y de la discriminación (pero no era yo). Y sin embargo yo no sería quien soy si ni siquiera lo hubiera conocido. Algo de esa persona quedó en mí. Esto es la interiorización. La conciencia de lo que el otro dejó en mí y la conciencia de que por eso siguen vivas en mí las cosas que aprendí, exploré y viví.

Lacan, un hombre brillante con el que tengo muy pocas coincidencias evidentes y demasiadas coincidencias sustanciales, dijo algo fantástico respecto del duelo:

Uno llora a aquellos gracias a quienes es.

Y a mí me parece increíblemente sabio este pensamiento, esta idea.

Gracias a algunas personas yo soy quien soy, sea yo consciente o no del proceso.

De hecho, todos los seres que quiero en el mundo han tenido

que ver con esto que yo soy hoy y por eso los lloraré cuando no estén.

Y aclaro que esto no sucede sólo con el fallecimiento de alguien. Siempre que lloro por una pérdida, aun en el caso de un divorcio (o sobre todo en el caso de un divorcio) lloro por perder lo que, me guste o no, ha sido determinante en que yo me haya transformado en lo que soy.

Cuando decíamos al principio del libro que no importa el tiempo compartido, que no importa si te sacaron esto que llorás o no, si lo dejaste por algo mejor o por nada, señalábamos que el dolor de la pérdida es por la despedida de aquello, persona, cosa, situación o vínculo, que ha sido fundamental en mi manera de ser.

Y aquí termina el camino.
¿Por qué? Porque me doy cuenta de todo lo que esa persona me dio y de que no se lo llevó con ella, me doy cuenta de que puedo tener dentro mío lo que esa persona dejó en mí, y encuentro que esta es una manera de tener a la persona conmigo. Entonces descubro que ya no tengo que seguir cargando con el cadáver por la vida.

La discriminación y la interiorización me permitirán aceptar la posibilidad de seguir adelante, a pesar de que como en todas las heridas también quedará una cicatriz.
¿Para siempre?
Para siempre.
¿Entonces no se supera?
Se supera pero no se olvida.

Cuando el proceso es bueno las cicatrices ya no duelen y con el tiempo se mimetizan con el resto de la piel y casi no se notan, pero están ahí.

Cuando yo hablo de esto me toco el muslo izquierdo y digo "acá está, esta es la cicatriz de la herida que me hice cuando me lastimé, yo tenía diez años".

¿Me duele?

No, ni siquiera cuando me toco.

No me duele.

Pero si uno mira de cerca la cicatriz está.

ETAPAS DEL DUELO NORMAL

I. Incredulidad	Parálisis Negación Confusión
II. Regresión	Llanto explosivo Berrinche Desesperación
III. Furia	Con el causante de la muerte Con el muerto por abandono
IV. Culpa	Por no haberlo podido salvar Por lo que no hicimos
V. Desolación	Impotencia Desasosiego Seudoalucinaciones Idealización Idea de ruina
VI. Fecundidad	Acción dedicada Acción inspirada
VII. Aceptación	Discriminación Interiorización

Te dejo como ejemplo de la fecundidad y de la aceptación, como símbolo de la salida del camino de las lágrimas, este poema maravilloso de Maxine Kumin.

El hombre de las muchas eles

Al conocer los nombres de tu mal,
nos mentimos como los miembros de cualquier consejo
Y todos juramos conservar nuestros papeles
hasta el acto final bajo tu mando.

Al principio fue casi fácil,
la enfermedad te obligó a que renunciaras a tu mano izquierda,
pero tu diestra creció más y más sabia,
como el malabarista de un rey exigente
y cuando tu pierna derecha insensible te falló,
te serviste del bastón montañero
que nuestro padre usaba los domingos de misa.

Sin embargo el campo de batalla menguaba mes a mes.
Cuando ya no pudiste tragar la carne,
cocimos y molimos tu alimento
y torcimos la pajita para que bebieses el chocolate.
Y cuando más tarde... dejaste de hablar,
aún podías escribir las preguntas y tus respuestas
en la pizarra mágica que conservábamos de niños.
Simplemente, levantabas la página
y volvías a empezar.

Tres meses antes de tu muerte, ¡qué suerte!,
paseamos y rodamos
por las calles de nuestro querido pueblo,

para sorprender la primavera
siguiendo sus floridas huellas.

Y tú, hermano, escribías los nombres
de cada ridícula flor que yo desconocía.
Lluvia de la gruta,
espuela de la azucena.
Y escribiste aun, en la pizarra,
lila,
magnolia,
oleandro,
clavelina.

¡Ay! hombre de las muchas eles.
¡Ay! mi hermano querido.
¡Ay! mi astuto botánico fantasma.

Me gustaría no volver a pronunciar
más nunca
esos extravagantes nombres vegetales.

Me gustaría guardar esas palabras.
Esconderlas... como si fueran un conjuro.
Reservarlas para invocarte...
cada vez que te extrañe.

CAPÍTULO 6. DESPUÉS DEL RECORRIDO

> *En medio de este atolladero de angustia*
> *encontré la fuerza para luchar y salir adelante.*
> *Quizás me di cuenta de que mi esposa*
> *no hubiese querido verme así.*
> *Algo me hizo aferrarme a la vida y al amor.*
>
> WILLIARD KOHN

Un duelo ha sido elaborado cuando la persona es capaz de pensar en el fallecido sin el dolor intenso. Cuando es capaz de volver a invertir sus emociones en la vida y en los vivos. Cuando puede adaptarse a nuevos roles. Cuando aunque sea por un instante experimenta gratitud.

Sin embargo aún en ese momento queda algo más para los duelos.

Una post-cicatrización.

El tiempo del después.

He recorrido todo el camino de las lágrimas. De punta a punta. ¿Por qué falta algo?

Porque el que elabora no olvida la pérdida después de terminado el proceso de duelo.

Cuando llega el cumpleaños del que se fue, o el aniversario de bodas, o el cumpleaños del nieto, o la Navidad, en cada uno de esos momentos se revive la historia y la cicatriz enrojece apenas y hasta vuelve a doler un poquito.

Se trata de las "Reacciones de aniversario" según los libros y que yo prefiero llamar "El recuerdo de la cicatriz", porque todo sucede como si no fuera yo sino el dolor de la cicatriz lo que me recuerda el pasado. Si bien es cierto que cada año las cicatrices hablan en voz más tenue, a veces pasa mucho tiempo hasta que dejan de recordarnos lo perdido. Supongo que hay algunas cicatrices más memoriosas que duelen para siempre.

¿Cuánto dura un duelo normal?
¿Existe un tiempo normal de duelo?
Los libros dicen que sí y los pacientes dicen que no.
Y yo he aprendido a creerles a los pacientes.
La verdad es que si existe un tiempo es tan variable y está sujeto a tantas circunstancias que de todas maneras es impredecible. Cada uno tiene sus propios tiempos.
Lo que sí creo es que existen tiempos mínimos.
Pensar que alguien puede terminar de elaborar el duelo de un ser querido en menos de un año es difícil, si no mentiroso.
¿Y por qué digo menos de un año caprichosamente?
Porque en un año suceden la mayoría de las <u>primeras veces</u>. Y las primeras veces son siempre dolorosas y porque aunque suene estúpido cada primera vez es la primera vez sin él o sin ella.
El primer año suele ser aunque nos pese un doloroso catálogo de estrenos de nuevos duelos.
Y cada uno de esos estrenos opera como un pequeño túnel del tiempo... por él uno vuelve una y otra vez a la vivencia pasada. Aunque, por suerte, cada vez sabe más del camino de retorno. Casi siempre la segunda Navidad es menos dolorosa que la primera.

Quizás los tiempos naturales se correspondan con lo que decían nuestras abuelas:

Un mes de duelo absoluto,
Seis meses de luto riguroso,

Un año de medio luto,
Veinticuatro meses de guardar constricción.

Estos períodos se parecen bastante a los tiempos psicológicos que refieren los que han recorrido el camino por la pérdida de alguien muy querido.

El primer mes es terrible, los primeros seis meses son muy difíciles, el primer año es bastante complicado y después empieza a hacerse más suave. No hay que olvidar que si he vivido casi toda mi vida reciente sabiendo que otro existía, vivir el duelo de su ausencia implica empezar una nueva historia.

Por lo dicho (del síndrome de las primeras veces) yo diría que un duelo por la muerte de un ser querido nunca podría durar menos de un año y posiblemente si algo no lo interrumpe no dure mucho más allá de dos años y medio.

También creo que si después del primer año uno sigue clavado en el lugar del primer día, quizás sea una buena idea pedir ayuda. A veces es imprescindible que alguien me acompañe en el proceso aunque más no sea para mostrarme por dónde no está la salida del laberinto.

Los grupos de pares no aportan el dato científico, ni funcionan bajo supervisión terapéutica. No tienen intención profesional pero operan desde el maravilloso lugar del cuento zen.

Cheng-hu se encontraba perdido en un laberinto. De la cámara principal salían cincuenta caminos distintos. Le había llevado una semana explorar nueve de ellos.
—A menos que tenga suerte —se dijo—, moriré antes de encontrar el camino correcto.
No terminaba de pensar esto cuando se encontró con Shin-tzu.

No se conocían pero Cheng creyó que Shin era la respuesta a su ruego.

—Qué suerte que te encuentro —dijo Cheng—, estoy perdido entre tanto camino. Tú podrás decirme cuál conduce a la salida.

—Yo también estoy perdido —contestó Shin.

—Qué mala suerte —se quejó el primero—, encuentro a alguien y no me sirve de nada.

—¿Por qué dices que no te sirvo? —preguntó Shin.

—Dijiste que estabas perdido... —contestó Cheng, como si fuera obvio su razonamiento.

—Me imagino que habrás recorrido algunos caminos sin poder salir. Yo he recorrido por mi parte doce caminos que no conducen a ninguna parte, juntos los dos sabemos mucho más del laberinto que antes de encontrarnos y eso es indudablemente mejor que nada.

Predecir cuánto tiempo nos tomará completar el proceso de recuperación es difícil. Algunos podrán hacerlo en unos meses, para otros se requerirán años. La cantidad de tiempo invertido depende de muchas variables que interfieren y crean distintos patrones. La intensidad del apego al difunto (tipo de relación), intensidad del shock inicial, presencia/ausencia de la aflicción anticipatoria (cuando la persona tiene tiempo de afligirse previamente a la muerte del ser querido; por ejemplo, en casos de enfermedad crónica y muerte esperada), las características del superviviente (personalidad propensa a la aflicción, o insegura, ansiosa con baja autoestima; excesivos autorreproches; enfermedad mental previa, o incapacidad física; duelos previos sin resolver; incapacidad para expresar sentimientos), crisis concurrentes (problemas graves que se presenten simultáneamente), obligaciones múltiples (crianza de los hijos, dificultades económicas, etc.), disponibilidad de apoyo social, características de la muerte (muerte súbita/muerte anticipada), situación socioeconómica y religiosidad son algunos de los factores que influyen en la duración del duelo. Así, es probable que todos nos recuperemos en tiempos diferentes.

Dice la gente que hace terapia sistémica que nuestra vida opera como un sistema donde cada engranaje se relaciona con otros; si sacamos un engranaje, por pequeño que sea, todo el sistema cambia.

Los pacientes que están de duelo dicen "Nada es igual que antes". Y tienen razón.

Resituarse significa saber qué voy a hacer con la nueva situación, desde los lugares más espirituales y emocionales, y desde los lugares más banales y materialistas.

Significa asumir que quizás tenga que ocuparme también de manejar el dinero, los bienes, las inversiones, que el otro manejó con mi aval desinteresado, cómodo e incondicional durante toda nuestra vida en común. Significa que tendré que ocuparme de la casa, de la familia, de los trámites de la sucesión y de mi nuevo proyecto de vida.

Significa ocuparme de cosas que no me gustan en un momento donde no tengo ganas.

Es una tarea horrible, pero la tengo que hacer mientras me ocupo como puedo del lugar que le voy a dar a la imagen interiorizada de lo perdido.

Así que estos son los objetivos del duelo:

Elaborar

Resituarse

Reubicar

Tres obstáculos que vencer, porque sin hacer alguna de estas tareas terminaremos cargando un cadáver sobre la espalda en un camino cuesta arriba.

RITUALES, EMPEZAR A SOLTAR

Indudablemente hay cosas que ayudan al recorrido y otras que lo dificultan. Entre las que lo hacen más fácil están los ritos.

A lo largo de casi toda mi vida fui un anti-ritualista. Siempre los ritos me parecieron absurdos, sobre todo aquellos que rondaban la muerte.

La verdad es que la humanidad ha ido deshaciéndose de los ritos, y volviéndose cada vez más aprensiva respecto a la muerte. La muerte tiene entre nosotros esta connotación tabú, lo prohibido y a la vez venerado de las cosas de las que no se puede hablar ni tocar.

No menos de tres o cuatro veces por mes alguien llama al despacho para hacer una consulta del estilo de:

"Murió fulano (tío, suegra, ex esposo), ¿debe ir el hijo al funeral o no?" *"El abuelo ha muerto, ¿se debe permitir a los chicos estar en el velorio?"* *"La madre de los sobrinos ha muerto, ¿qué hay que decirles a los niños?"*

Como si se dudara si conviene que los chicos sepan que la muerte es verdad.

Como si fuera conveniente mentirle una eternidad falsa para que no se entere porque es muy chiquito y sufre.

Lo que nosotros estamos produciendo al ocultar la muerte a nuestros chicos no tiene nombre, no podemos llegar a medir las consecuencias de sugerir que la inmortalidad es una posibilidad.

Y esto tiene que ver con el habernos alejado de los ritos. Los ritos están diseñados para el aprendizaje y la adaptación del hombre a diferentes cosas. Entre ellas, para que el individuo acepte la muerte y acepte la elaboración del duelo.

Los ritos tienen que ver con la función de aceptar que el muerto está muerto y con la legitimación de expresar públicamente el dolor, lo cual, como vimos, es importantísimo para el proceso.

Los ritos, aprendí, son importantes. Un día una paciente me contó que iba al cementerio todos los domingos. Ella visitaba la tumba de su marido muerto. Recuerdo que le preguntaba (nada ingenuamente) "Doña Raquel, ¿hace falta que vaya todos los domingos? ¿No puede dejar de ir alguna semana?". Ella me dijo *"No es que lo contradiga, doctor, yo sé que usted me quiere ayudar, pero no funcionaría. Yo quise hacer eso, antes de venir a verlo a usted, traté de dejar de ir, pero si no voy el domingo al cementerio después me siento mal toda la semana"*. Me puse serio y sentencié "Usted se siente mal cuando no va porque se siente culpable". Raquel comprensivamente me dijo *"No, doctor, qué me voy a sentir culpable... mi marido hace dos años que murió, no me siento culpable. Sabe qué pasa, yo voy ahí, me siento un rato, lloro, me quedo hablándole unos minutos y después me voy. Fuera del domingo yo no lloro en toda la semana. Pero cuando dejo de ir, ando llorando por todos lados. El cementerio me da un lugar y un espacio para llorar"*.

A mí me impresionó, y me hizo entender que yo estaba equivocado. Designar un espacio, un momento y un lugar para conectarse con el dolor funciona de verdad. Un rito que ordena y protege. Un rito que aporta un lugar serio y un tiempo sincero donde expresar, para no tener que expresarlo en cualquier lugar y en cualquier momento.

Esto es la historia. La historia de poder soltar.
Mientras lo tengo conmigo, lo tengo.
Cuando no lo tengo, no lo tengo más.
¿Se va a ir? ...¿es su decisión? ...está muy bien. ¿Se va a quedar? ...¿es su decisión? ...está muy bien.
Pero cuando esté conmigo a mí me gustaría que <u>esté</u> conmigo. Esto es, intensamente, comprometidamente.

Vivo mi relación con mis amigos con toda la intensidad. Y si un día mis amigos se van, seguramente voy a decirles "no quiero" y seguramente me van a decir "me voy a ir igual"... y yo voy a soltar.

Uno de mis mejores amigos en el mundo está viviendo ahora en Nueva York. Y la verdad es que fue muy dolorosa su partida. Han pasado veinte años, nos vemos muy poco, hablamos de vez en cuando por teléfono, lo sigo amando, quizás más que antes, pero ahora... lo puedo soltar... y saber que está conmigo.

Si pudiéramos ver esto, ver la continuidad en nosotros. Si pudiéramos darnos cuenta de lo trascendentes que somos, quizás podríamos vivir las pérdidas con otra mentalidad, desde otro lugar, con una nueva actitud, con la curiosidad y la excitación que tiene frente a lo nuevo aquel que no le teme.

Si el camino no se recorre por completo porque el caminante decide quedarse en algún lugar del recorrido, si se tarda más tiempo del razonable en llegar a destino o si pierde el rumbo en un desvío hablamos de duelo patológico.

DUELO PATOLÓGICO

Cuando voluntaria o involuntariamente se interrumpe el proceso de duelo normal, la herida nunca llega a cicatrizar.

El duelo patológico siempre se debe a alguna de estas cuatro cosas:

✔ el proceso de duelo nunca empieza,
   o
✔ se detiene morbosamente en alguna de las etapas,
   o
✔ progresa hasta alguna de ellas y rebota infinitamente hacia alguna anterior,
   o
✔ se atasca intentando evitar una etapa

lo que determina diferentes tipos de duelos enfermizos. Algunos de ellos son:

El duelo ausente: Si el que debe vivir el proceso se defiende tanto o sufre un shock tan grande que no puede salir de la primera etapa.

El duelo conflictivo: Cuando el proceso está sirviendo para otra cosa, por ejemplo para no responsabilizarse de la vida que le queda por vivir.

El duelo retrasado: Casi siempre ligado a un conflicto interno emocional. Por ejemplo cuando los sentimientos que tiene frente a esta muerte son tan ambivalentes que no sabe si alegrarse o entristecerse.

El duelo desmedido: Cuando la expresión emocional se desborda, a veces hasta excediendo los límites de la integridad propia o de terceros.

El duelo crónico: Cuando el proceso se recicla infinitamente sin terminar nunca.

Algunos duelos patológicos resultan de la combinación o alternancia de varios de ellos.

Es necesario dejar establecido que lo enfermizo no aparece POR el duelo sino CON el duelo y es siempre la expresión de una patología previa, es decir hay algo que está complicado desde antes y que sale a luz con el proceso de duelo.

Todas las reacciones de mala adaptación al duelo requieren una terapia compleja cuando coexisten con trastornos psiquiátricos importantes.

Trastornos más comunes asociados a complicaciones en el proceso de duelo
{
- depresión grave
- abuso de drogas o alcohol
- trastornos psicosociales de integración
- anormal relación con la pérdida
- ideas recurrentes de la propia muerte
- duración anormal de los síntomas
- ausencia de pena
}

Dado que a veces el que está en la situación no puede diagnosticar el desvío del camino adecuado habrá que ocuparse de resolver la dificultad empezando por ayudar a quien padece esta patología, por lo menos a darse cuenta de lo que pasa y a recibir ayuda profesional.

De hecho, las secuelas mencionadas arriba revisten importancia y deben ser tratadas con enfoques psicoterapéuticos y a veces con medicamentos.

¿SIEMPRE LA AUSENCIA DE DUELO ES PATOLÓGICA?

"Cuando me divorcié estaba tan satisfecha de haberme separado que no recuerdo haberme sentido de duelo."

"Después de que mi abuelo estuvo en terapia intensiva casi un año, su muerte fue más una bendición que una desgracia."

Frases como estas son usuales en un consultorio psicoterapéutico sobre todo acompañadas de sentimientos de culpa.

Cuando sostienen esa culpa en el tiempo se vuelven:

"LOS QUE SE SIENTEN MAL PORQUE NO SE SIENTEN MAL"

Muchas veces en una separación no hay duelo ostensible, y en algunos casos no es una patología, porque el verdadero duelo se hizo antes de la decisión final.

Lo mismo pasa en las agonías prolongadas cuando lo que más se siente muchas veces es el cierre, porque el proceso de duelo se va viviendo mientras el enfermo se muere.

Otras veces el enfermo sufre enormemente y entonces, sin que medie ninguna distorsión en los que quedan, la muerte combina el dolor de la pérdida con una cuota de doble alivio inevitable, alivio por el final del sufrimiento que padecía el enfermo y también del propio dolor al verlo sufrir.

En todos estos casos no se trata de verdaderos duelos ausentes sino de duelos anticipados.

El camino del duelo es siempre el mismo, cambian los tiempos, cambia la intensidad, cambia el acento en alguna de estas facetas pero siempre hay un duelo frente a una pérdida. Si no lo hay y no lo hubo anticipadamente, un mecanismo de defensa está bloqueando la conexión con el dolor.

Es también bastante clásico recibir la consulta de una madre que se lamenta de que su esposo no la acompaña en el dolor de la muerte del hijo de ambos. La verdad es que debo admitir que los hombres siempre estamos intentando defendernos del dolor como podamos, y como la sociedad nos avala la dedicación absoluta a nuestro rol de proveedores incansables en general escapamos hacia el trabajo.

Al comienzo una defensa puede ser aceptable; sin embargo si se mantiene reprimido demasiado tiempo, el dolor tenderá a expresarse de otras formas: mal humor, reacciones violentas, somatización, adicciones, etcétera.

En la otra punta de los que no se animan a entrar están los que no se animan a salir.

Estos dolientes caminantes de las lágrimas no están dispuestos a dejar ir la presencia ausente de lo que no está. Como en el caso de Constanza no se permiten soltar lo pasado y asumir la sensación de soledad que conlleva la pérdida.

ETAPAS DE UN DUELO CRÓNICO

Así como en cualquier lugar que se interrumpa el proceso de cicatrización la herida no se sana, en cualquier lugar que se interrumpa el duelo la cicatriz no se produce y el duelo no sana.

Todo el proceso consiste en que el cuerpo pueda llegar a la retracción del coágulo, ¿recuerdan? Porque ahí es donde empieza el proceso de regeneración de los tejidos, cuando el coágulo se achica y los bordes de la herida se acercan, el tejido nuevo empieza a surgir desde abajo y el daño va camino a sanar.

Algo que no dijimos es que en este momento la herida pica. Ha dejado de doler, pero cuando el coágulo se empieza a retraer pica. El escozor es un dolor chiquitito, pero un dolor al fin y todos tenemos el impulso de rascarnos.

Pero cuidado. Porque si uno se arranca la cascarita, la herida empieza a sangrar y estamos otra vez atrás.

Este es el duelo patológico, el duelo de las heridas que nunca cicatrizan. En el hospital uno ve hombres y mujeres que vienen con heridas que tienen dos o tres años, y uno no entiende por qué, pero pregunta y descubre lo que pasa: cada vez que llegan a la casa se arrancan la cascarita, porque les molesta, porque les pica, porque queda fea. Y vuelven a empezar.

Nunca dejan que la herida cicatrice.

Cuidado con escaparse una y otra vez del dolor y la desolación. Cuidado con no querer vivir esto, porque si para escapar de esta etapa arrancamos la cascarita volviendo atrás, el duelo puede hacerse crónico.

Pasan quince años, veinte años, y cada vez que uno llega a la desolación, le teme tanto que huye hacia la bronca, escapa a la negación, se vuelve un niño, se queda en la culpa, corre hacia atrás, a cualquier lado con tal de no pasar por esta tristeza infinita, con tal de no enfrentarse con el alma en ruinas. Y si no hacemos algo para que se termine el círculo vicioso volvemos una y otra vez para atrás y cambiamos el dolor por sufrimiento y nos instalamos en él.

¿Y qué hay que hacer?

Más bien se trata de lo que no hay que hacer.

No hay que rascarse, hay que animarse a vivir el dolor de la etapa de la tristeza desolada, y dejar que el río fluya confiando en que somos lo suficientemente fuertes para soportar el enorme dolor de la pena.

Hablo de seguir peleando hasta llegar al final del camino y me acuerdo de una historia que siempre me hace reír mucho. Permitime que te la cuente aunque más no sea para aflojar un poco nuestro corazón de tanto tema doloroso.

Había una vez un mendigo que se encontró por azar en la puerta de una posada que tenía colgado un gran cartel con el nombre del lugar. Se llamaba "La posada de San Jorge y El Dragón".

Imagínense la situación: Está nevando y el mendigo tiene hambre y mucho frío pero no tiene dinero. Golpea la puerta de la posada. Se abre la puerta y aparece una señora con cara de muy pocos amigos, y le dice:

—¿Qué quiere?

El mendigo dice:

—Mire, yo tengo hambre y frío...

—¿Tiene dinero? —le grita la mujer.

—No, dinero no tengo —y ¡plafff! la mujer le cierra la puerta en la cara.

El tipo se queda así desolado.

Se está por ir pero decide insistir.

Entonces golpea otra vez.

—¿Y ahora qué quiere? —le dice la señora.

—Mire, le vengo a pedir por favor que me de...

—Acá no estamos para hacer favores, acá estamos para hacer negocios. Esto es una posada, un negocio, ¿no sabe lo que es una posada? ¡¡Así que si no tiene dinero se va!! ¡¡Y si no tiene para comer, muérase!!

¡¡Plaff!! otra vez la puerta en la cara.

El tipo se está por ir pero decide insistir.

Una vez más golpea la puerta y dice:

—Mire, señora, discúlpeme...

—¡¡Discúlpeme, nada!! Mire, si no se va, le voy a tirar un balde de agua fría encima. ¡¡Fuera!!

Y ¡¡plaff!! vuelve a cerrar la puerta de un golpe.

El tipo baja la cabeza y retoma su camino.

Se está yendo y al llegar a la esquina alza la vista y ve nuevamente el cartel que dice "La posada de San Jorge y El Dragón".

Entonces decide volver. Por última vez golpea la puerta.

La señora le grita desde adentro:

—¿Y ahora qué quiere?

El mendigo le contesta:

—Mire, en lugar de hablar con usted, ¿no puedo hablar con San Jorge?

Yo creo que deberíamos ocuparnos, darnos cuenta, buscar la manera, encontrar los lugares, descubrir el cómo, hallar las personas, buscar los caminos para conectarnos con las mejores cosas que tenemos.

Y las mejores cosas que tenemos son la lucha y el deseo de seguir adelante.

Las ganas de vivir la vida que a pesar de enfrentarnos con dolores y temores, repito, vale la pena ser vivida.

Hemos visto cómo detrás de un duelo ausente o detrás de un sufrimiento eterno puede esconderse la decisión de no vivir el duelo. La huida negadora y el cambio de dolor por sufrimiento son dos de los tres desvíos en los que uno se puede perder en el camino de las lágrimas. El tercer "rebusque" (utilizando el término de Berne) para no terminar de soltar al que no está, es la **idealización**.

Este desvío está un poquito después de haber pasado por la desolación y se confunde con el sendero correcto de la identificación. Idealizar al que se murió es creer que nadie hacía esto como él, que en aquello era maravilloso, en lo otro sensacional, y que lo poco que hacía mal no lo recuerdo porque en realidad no tenía importancia. Pero lo que hacía bien era espectacular y cuando no estaba haciendo nada bueno era en realidad porque yo no lo notaba. Como Gardel, que según la leyenda cada día canta mejor. Esta es la necesidad de eternizar al que murió para que no nos abandone, para no discriminarse, para no soltarlo. Una salida peligrosa, un verdadero escape hacia adelante, porque abre la posibilidad de quedarnos estancados en la idea de que ya no haga falta terminar con el duelo porque idealizando su memoria puedo mantenerlo vivo. El desagradable nombre técnico de este proceso es momificación de lo perdido. Como las películas de terror, embalsamar el cadáver para sentarlo a la mesa y servirle comida todos los días, para decir acá está. Este es el lugar de papá, de la abuela o del tío Juan y donde nunca nadie más se sentó.

La salida ahora es aceptar que el que se murió era en muchos sentidos maravilloso y en algunos otros una mierda; nos guste o no, estemos dispuestos a admitirlo o no, todos tenemos un aspecto oscuro y un poco "mierdoso" en nuestra manera de ser (si el tuyo es pequeño e insignificante, tus amigos y tu familia son muy afortunados).

Tiene que ver con aceptar que cada uno de nosotros tiene aspectos bárbaros y aspectos siniestros, que cada uno de nosotros tiene una parte buena y una parte jodida.

Tiene que ver con darse cuenta de que cada persona, cada cosa, cada situación, cada lugar, tiene cosas que me gustan y cosas que no me gustan.

¿Por qué cuando ya no está pasa a tener nada más que las que me gustaban?

De pronto todos los defectos, todas las cosas horribles que detestaba eran mínimas, todo aquello por lo que puteaba no parece importante, y todo lo bueno es único, espectacular e incomparable...

Bien, eso es idealizar.

Idealizar tiene que ver con negar todo lo malo que tenía lo perdido y con sobrevalorizar lo bueno. En las personas de alguna manera se relaciona con no ver lo humano, con endiosar al que se fue.

He visto, de verdad, cosas siniestras respecto a la idealización, como negar intensamente algunos aspectos deplorables y nefastos del que se murió. Aspectos por los cuales esa misma persona deseó que al otro lo pisara un camión.

La idealización funciona desde muchos lugares, poniéndole al otro cosas que en realidad no tenía y sacándole sus peores miserias. Idealizar es deshumanizar, y también, como con los vivos, es una manera de no aceptar. Si te acepto debería despedirte, debería aceptar que no estás. En cambio si te idealizo no hace falta, te pongo en un plano superior para poder quitarte lo terrenal y entonces renunciar a separarme momificándote, santificándote, haciendo de tu recuerdo un culto. Y lo que sucede en muchos casos es que la familia entera idealiza. Y aparentemente está todo bien porque finalmente coincidimos, pero la verdad es que tampoco sirve, y tarde o temprano la mentira de la inmaculada esencia queda al descubierto, o peor aún, se sostiene y nadie podrá nunca relacionarse sin comparar al que llegue a la casa con la imagen perfecta del que murió.

Lamentablemente la muerte no hace nada para mejorar lo que era el que murió y esto es así más allá de todas las creencias de la elevación del espíritu y la purificación de las almas. Me parece importantísimo poder perdonar al difunto pero no olvidar quién fue en vida. Perdonar en todo caso es cancelar sus deudas, pero no es olvidar que no las pagó.

La idea es seguir luchando y peleando para llegar al lugar del contacto genuino con la imagen real. Al lugar de la aceptación, aunque aceptar la pérdida nos parezca imposible.

Había una vez una isla donde habitaban todas las emociones y todos los sentimientos humanos que existían. Convivían por supuesto el temor, el odio, la sabiduría, el amor, la angustia, todos estaban ahí.
Un día, el Conocimiento reunió a los habitantes de la isla y les dijo:
—Tengo una mala noticia para darles: la isla se hunde.
Todas las emociones que vivían en la isla dijeron:
—¡No, cómo puede ser! ¡Si nosotros vivimos aquí desde siempre!
El Conocimiento repitió:
—La isla se hunde.
—¡Pero no puede ser! ¡Quizás estás equivocado!
—Yo nunca me equivoco —aclaró el Conocimiento—. Si les digo que se hunde, es porque se hunde.
—¿Pero qué vamos a hacer ahora? —preguntaron los demás.
Entonces, el Conocimiento contestó:
—Bueno, hagan lo que quieran pero yo les sugiero que busquen la

manera de dejar la isla... hagan un barco, un bote, una balsa o algo para irse porque el que permanezca en la isla desaparecerá con ella.

—¿No podrías ayudarnos? —preguntaron todos, porque confiaban en su capacidad.

—No —dijo el Conocimiento—. La Previsión y yo hemos construido un avión y en cuanto termine de decirles esto volaremos hasta la isla más cercana.

Las emociones dijeron:

—¡No! ¡Pero no! ¿Y nosotros?

Dicho esto, el Conocimiento se subió al avión con su socia y llevando como polizón al Miedo, que como no es zonzo ya se había escondido en el avión, dejaron la isla.

Todas las emociones se dedicaron a construir un bote, un barco, un velero... todos... salvo el Amor.

Porque el Amor estaba tan relacionado con cada cosa de la isla que dijo:

—Dejar esta isla... después de todo lo que viví aquí... ¿Cómo podría yo dejar este arbolito, por ejemplo...? ahhhh... compartimos tantas cosas.

Y mientras cada uno se dedicaba a construir una manera de irse, el Amor se subió a cada árbol, olió cada rosa, se fue hasta la playa y se revolcó en la arena como solía hacerlo en otros tiempos, tocó cada piedra... y quiso pensar con esta ingenuidad que tiene el Amor: "Quizás se hunda un ratito y después..."

Pero la isla... la isla se hundía cada vez más.

Sin embargo, el Amor no podía pensar en construir, porque estaba tan dolorido que sólo podía llorar y gemir por lo que perdería.

Y otra vez tocó las piedritas, y otra vez se arrastró en la arena y otra vez se mojó los piecitos.

—Después de tantas cosas que pasamos juntos... —le dijo a la isla.

Y la isla se hundió un poco más...

Hasta que, finalmente, de ella sólo quedó un pedacito. El resto había sido tapado por el agua.

Recién en ese momento el Amor se dio cuenta de que la isla se estaba hundiendo de verdad y comprendió que si no conseguía irse el amor desaparecería para siempre de la faz de la Tierra. Así que entre charcos se dirigió a la bahía, que era la parte más alta de la isla. Fue con la esperanza de ver desde allí a alguno de sus compañeros y pedirles que lo llevaran.

Buscando en el mar vio venir el barco de la Riqueza y le hizo señas y la Riqueza se acercó un poquito a la bahía.

—Riqueza, vos que tenés un barco tan grande, ¿no me llevarías hasta la isla vecina?

Y la Riqueza le contestó:

—Estoy tan cargada de dinero, de joyas y de piedras preciosas que no tengo lugar para vos. Lo siento —y siguió su camino sin mirar atrás.

El Amor se quedó mirando, y vio venir a la Vanidad en un barco hermoso, lleno de adornos, caireles, mármoles y florcitas de todos los colores que llamaba muchísimo la atención. El Amor se estiró un poco y gritó:

—Vanidad... Vanidad... llevame con vos.

La Vanidad miró al Amor y le dijo:

—Me encantaría llevarte pero... tenés un aspecto...¡estás tan desagradable, sucio y desaliñado... perdón, afearías mi barco! —y se fue.

Y cuando pensó que ya nadie más pasaría vio acercarse un barco muy pequeño, el último, el de la Tristeza.

—Tristeza, hermana —le dijo—, vos que me conocés tanto, vos sí me vas a llevar ¿verdad?

Y la Tristeza le contestó:

—Yo te llevaría, pero estoy tan triste que prefiero seguir sola —y sin decir más se alejó.

Y el Amor, pobrecito, se dio cuenta de que por haberse quedado ligado a estas cosas que tanto amaba iba a hundirse en el mar hasta desaparecer.

Y el Amor se sentó en el último pedacito que quedaba de su isla a esperar el final... Cuando de pronto, escuchó que alguien lo chistaba:

—Chst-chst-chst...

Era un viejito que le hacía señas desde un bote de remos.

El Amor dijo:

—¿A mí?

—Sí, sí —dijo el viejito—, a vos. Vení conmigo, yo te salvo.

El Amor lo miró y dijo:

—Mirá, lo que pasó fue que yo me quedé...

—Yo entiendo —dijo el viejito sin dejarlo terminar—, subite, yo te voy a salvar.

El Amor subió al bote y empezaron a remar para alejarse de la isla, que en efecto terminó de hundirse unos minutos después y desapareció para siempre.

Cuando llegaron a la otra isla, el Amor comprendió que seguía vivo, que iba a seguir existiendo gracias a este viejito, que sin decir una palabra se había ido tan misteriosamente como había aparecido.

Entonces, el Amor se cruzó con la Sabiduría y le dijo:

—Yo no lo conozco y él me salvó, ¿cómo puede ser? Todos los demás no comprendían que me quedara, él me ayudó y yo ni siquiera sé quién es...

La Sabiduría lo miró a los ojos y dijo:

—Él es el Tiempo. Y el Tiempo, Amor, es el único que puede ayudarte cuando el dolor de una pérdida te hace creer que no podés seguir.

CAPÍTULO 7. DUELOS POR MUERTE

> *Hablar de nuestra pena nos ayuda a calmarla.*
>
> PIERRE CORNEILLE

Tal como lo hemos dicho los duelos no son el patrimonio exclusivo de la muerte de alguien porque como dijo Rochlin:

Somos seres imperfectos limitados por lo imposible.

Hay un duelo por delante en la vida de todo aquel que sufre una pérdida, que atraviesa un cambio, que deja una realidad para entrar en otra.

En este capítulo vamos a animarnos a hablar un poco de la dolorosa experiencia de los duelos por la desaparición física de un otro.

LA MUERTE DE UN SER QUERIDO

> *La muerte es algo natural, incontrastable e inevitable. Hemos manifestado permanentemente la inequívoca tendencia a hacer a un lado la muerte, a eliminarla de la vida. Hemos intentado matarla con el silencio. En el fondo nadie cree en su propia muerte. En el inconsciente cada uno de nosotros está convencido de su inmortalidad. Y cuando muere alguien querido, próximo, sepultamos con él nuestras esperanzas, nuestras demandas, nuestros goces. No nos dejamos consolar y hasta donde podemos nos negamos a sustituir al que perdimos.*
>
> SIGMUND FREUD, 1917

La muerte de un ser querido, cualquiera sea el vínculo, es la experiencia más dolorosa por la que puede pasar una persona.

Toda la vida, en su conjunto, duele. Nos duele el cuerpo. Nos duele la identidad y el pensamiento. Nos duele la sociedad y nuestra relación con ella. Nos duele el dolor de la familia y los amigos. Nos duele el corazón y el alma.

En esta pérdida como en ninguna otra situación el dolor atraviesa el tiempo.

Duele el pasado,
    duele el presente
        y especialmente duele el futuro.

Esta experiencia tan dramática es parte inevitable de la vida adulta y la probabilidad de pasar por ella aumenta a medida que avanza el tiempo. El riesgo de vivir un duelo por alguien querido crece con mi propio envejecer y con mi propio riesgo vital.

Frente al dolor de la ausencia parecería que sólo el regreso del ser amado podría significar "el verdadero consuelo". Sin embargo, se tiende a subestimar la experiencia dolorosa y discapacitante del duelo. Un individuo sano y normal está forzado según el prejuicio popular a superar una pérdida con rapidez y sin ayuda de ningún tipo.

La muerte de un miembro de la familia (padre, madre, abuelo), por ejemplo, no sólo afecta a cada integrante individualmente sino que afecta al grupo como un todo, lo cual agrava la situación porque es paradójicamente en la familia misma donde naturalmente deberíamos encontrar el mejor apoyo y la más útil ayuda. Una situación especial la plantea la muerte de un hijo, que es un tema del cual hablaremos más adelante, al final de este capítulo.

La familia debe hacer lo necesario para permanecer más unida en estas situaciones y compartir su dolor con valentía y extremo respeto por los estilos individuales. La situación es demasiado dolorosa como para que cada uno tenga que recuperarse solo o fuera de su hogar.

Entre los que estudian el proceso del duelo no hay ninguna duda de que las herramientas más útiles en estos momentos son un abrazo cariñoso, la posibilidad de compartir nuestra historia, el llanto acompañado, el hombro firme dispuesto a recibir nuestra cabeza cansada y el oído amoroso atento a nuestra necesidad de hablar. Nadie mejor que nuestra familia para atender estas demandas.

En estos casos los peores días del año suelen ser las fiestas. La "reacción de aniversario" sucede porque dentro de la familia estos eventos evocan demasiados recuerdos de aquellos momentos llenos de alegría e inundados de la presencia de los ausentes; y esas imágenes contrastan ahora con la tristeza del duelo compartido.

Cada fin de año, por ejemplo, con su tradicional balance de lo hecho, suele complicar aun más la situación dolorosa de la pérdida.

LAS DIFERENCIAS

Uno de los aspectos más sorprendentes que aparecen frente a una muerte es el darse cuenta de que no todos manifestamos nuestro dolor de la misma forma:

¿Por qué siento que no puedo soportar este dolor si mi amiga que también perdió a su esposo no se ve o no se siente tan mal?

¿Por qué me siento desfallecer y mi hermano no?

Las reacciones varían no sólo entre diferentes personas (aun miembros de una misma familia) sino también en uno mismo, según la edad y las circunstancias en las que se encuentra cuando sucede la pérdida.

Las circunstancias de la muerte y las que rodean a las personas que sufren la pérdida son los dos factores predictivos de la intensidad del duelo tanto en relación a su duración, como ya he señalado, como a la intensidad de la respuesta dolorosa. Varios factores o fenómenos han sido identificados como elementos de ayuda o de riesgo para el duelo. Genéricamente cuanto más rápida, imprevista y traumática sea la muerte, y cuanto más afecte esa pérdida a la vida diaria del sujeto, mucho mayor será el impacto emocional. Hay diez factores que intervienen a la hora del duelo. El grado de presencia o ausencia de ellos puede hacer que el proceso de elaboración sea más fácil o más difícil.

1. Calidad de la relación con la persona (íntima o distante. Asuntos inconclusos)

2. Forma de la muerte (por enfermedad o accidente, súbita o previsible)

3. Personalidad de uno (temperamento, historia, conflictos personales)

4. Participación en el cuidado del ser querido antes de fallecer

5. Disponibilidad o no de apoyo social y familiar

6. Problemas concomitantes (dificultades económicas, enfermedades)

7. Pautas culturales del entorno (aceptación o no del proceso de duelo)

8. Edades extremas en el que pena (muy viejo o muy joven)

9. Pérdidas múltiples o acumuladas (perder varios seres queridos al mismo tiempo)

10. Posibilidad de pedir y obtener ayuda profesional o grupal.

Un matiz adicional que suele dificultar la elaboración y superación del duelo es la muerte por suicidio.

Por más que lo intentás, nunca conseguís entender las razones que llevaron a tu ser querido a quitarse la vida. El suicidio deja siempre detrás de sí muchas preguntas.

Es natural sentir mucha rabia y enfado hacia la persona que se suicidó. Si cuando se muere te enojás con el difunto aunque haya muerto en un accidente, cuánto más te enojarás cuando él o ella decidieron morirse.

Creo que si el suicida supiera el daño que produce en la familia cercana, sobre todo en los hijos cuando los hay, no se suicidaría. Si de verdad uno supiera lo que los hijos irremediablemente piensan cuando su padre se suicida:

"Ni siquiera por mí. Ni siquiera yo era una buena razón. Ni siquiera pensó en mí".

Y esto es muy doloroso para sustentar después la propia autoestima.

Me parece que esto confirma que el que se suicida no puede pensar con cordura en ese momento.

De alguna manera su capacidad de deducción está suspendida y esto no le permite razonar adecuadamente.

La sensación de culpa también es algo perfectamente normal después de una muerte de estas características. Recordá que no pudiste elegir por él o por ella, y que la decisión del suicidio fue enteramente suya. Aceptá también que, a pesar de lo que hubieras podido decirle, tus palabras difícilmente habrían sido suficientes para cambiar su decisión.

A medida que la tormenta de emociones vaya calmándose, surgirá poco a poco la aceptación. Date tiempo para llegar allí, un duelo por suicidio necesita más tiempo para sanar. Sé paciente y trabajá la idea del respeto por su elección, aunque no estés de acuerdo.

DUELO ANTICIPADO

El tema genera cierta controversia.

Se han hecho muchos estudios y se ha escrito mucho para tratar de acotar su significado. Duelo anticipado se refiere al proceso que ocurre en anticipación de la pérdida e incluye muchos de los síntomas de un duelo normal.

Los siguientes aspectos están siempre presentes:

1) tristeza,
2) preocupación por la persona que va a morir,
3) ensayo del deceso,
4) ajuste previo a las consecuencias de la muerte,
5) vivencia efectiva de la despedida, a veces mutua.

Es un error creer que hay un volumen de tristeza fijo y que si se experimenta antes disminuye la pena que "queda" para después de la pérdida. Las emociones no funcionan así. De todas maneras algunos estudios aportan datos que documentan que el duelo anticipado mejora la capacidad de adaptación de los familiares a recuperarse del dolor de la pérdida.

Algunos investigadores dicen que la anticipación casi nunca ocurre. Aceptar la muerte de una persona querida antes de que muera condena al familiar vulnerable a la culpa de haber abandonado al paciente antes del final. Y además existe la preocupación de que el paciente experimente "demasiado dolor" adicional por la situación de muerte inminente y esperada a su alrededor.

En todo caso, lo que seguramente existe es la natural anticipación involuntaria de los familiares de los pacientes en largas agonías.

INTEGRACIÓN

Es necesario integrar el pensamiento con el sentimiento y con la acción. Aceptar conscientemente un sentimiento no produce necesariamente la capacidad de expresarlo.

Una cosa es ponerse triste, y otra muy distinta es poder llorar.

Saber que uno está enojado no es lo mismo que expresar mi enojo.

En el duelo, el cuerpo se acoraza (endurece), se defiende tratando de amortiguar el impacto que produce el dolor. Poder expresar los sentimientos que produce una pérdida, ya sea la rabia o el miedo, nos ayuda a enfrentar el dolor para poder luego cicatrizar la herida del alma.

Si permanecemos "fuertes", sólo estamos tapando el dolor.

Sea como fuere seguramente pasaremos por la vivencia de la muerte de alguno de nuestros seres queridos incluyendo también la de nuestros padres.

El dolor puede y va a enseñarnos irremediablemente a darle un nuevo sentido a la vida, va a cambiar valores y prioridades.

Quizás ahora te parezca imposible, pero con el tiempo vas a ir superando la muerte de la persona amada. Y llegará un día en que vas a poder decir que la vida continúa y que te sentís feliz por estar vivo.

DUELO POR VIUDEZ

Blues del Funeral

Paren todos los relojes,
corten el teléfono
eviten que el perro ladre
silencien los pianos
y con un sonido suave entren el ataúd,
cierren las puertas
impidan que vuelen los aviones.
Ha muerto
coloquen crespones
callen a los niños
desaparezcan las flores
vacíen el océano
y limpien el fondo;
pensé que el amor duraría para siempre:
me equivoqué.
Era mi norte, mi sur, mi este y mi oeste
mi semana de trabajo
y mi domingo de descanso,
mi mediodía,
mi medianoche,
mi conversación,
mi canción;
ya no se necesitan las estrellas,
sáquenlas todas;
llévense la luna
y desmantelen el sol;
pues nada volverá a ser como antes.

W. H. AUDEN (1907-1973)

Cuando la realidad conocida se rompe, lo seguro y ordenado se vuelve caótico.

El mundo parece hostil y nada puede aliviar la incertidumbre y la inseguridad.

Y cuando la responsabilidad de mantener el provisorio orden

era compartida con otro que ya no está, aparecen la desesperación y el vacío.

Sólo por la interacción se mantiene el sentido del individuo en el mundo y su identidad, quizás por eso los que pierden su pareja dicen haber perdido una parte esencial de ellos mismos y se sienten extraños y ausentes.

La pérdida del compañero impone desorden, menoscaba el sentido de la vida y amenaza la identidad.

La consecuencia más extrema e irreversible es lo que se ha dado en llamar el "síndrome del corazón roto", donde la muerte del cónyuge precipita la propia.

Hace muchos años, mientras yo era practicante en la guardia médica del Instituto de Cirugía de Haedo, recibimos un llamado para atender una emergencia en una casa cercana al hospital. Dos médicos, una enfermera, el camillero, el chofer y yo nos subimos con el equipo de resucitación necesario a la ambulancia y en menos de cinco minutos llegamos a una humilde casa del barrio.

Entramos al cuarto de la enferma, una mujer de unos 70 años en paro cardíaco. Lamentablemente no hubo mucho para hacer y pese a todas las maniobras confirmamos que el hecho era irreversible.

Con dolor le contamos a la hermana de la paciente, que estaba en el cuarto, que no había nada más que hacer y que íbamos a llevar el cuerpo al hospital para los certificados y trámites.

La señora salió del cuarto y le dijo a un señor que según nos enteramos después era el marido de la mujer fallecida:

—*María murió.*

El hombre palideció.
Se dejó caer en una pequeña silla de mimbre y dijo:

—*Me quiero morir...*

Esas fueron sus últimas palabras.
Nada pudimos hacer los seis profesionales presentes, ni el equipo que traíamos, ni la posibilidad de trasladarlo de inmediato.
El hombre dijo "me quiero morir" y se derrumbó.

Dadas las condiciones de la muerte, se hizo una autopsia de su cuerpo que arrojó un resultado que todos preveíamos:
Estallido cardíaco.

La muerte de su compañera
le había ROTO EL CORAZÓN... literalmente.

En los países sajones la muerte del cónyuge es la primera de las situaciones listadas por intensidad en una estadística de "situaciones dolorosas", que ha sido tomada como referencia desde hace muchísimo tiempo y confirmada año tras año.

Para estas estadísticas (que seguramente no darían iguales resultados en nuestros países latinos) la desaparición del marido o de la esposa sería la máxima causa de dolor entre la población de entre 25 y 70 años. La estadística es esta:

LISTA DE CAMBIOS	DOLOR
Muerte del cónyuge	100
Condena en la cárcel	91
Muerte de un familiar cercano (hijo)	83
Divorcio	80
Despido del trabajo, achicamiento económico	76
Muerte de un familiar cercano (hermano, padres)	65
Enfermedad personal o accidente grave	60
Casamiento	50

Muerte de un amigo cercano	48
Jubilación	45
Enfermedad o accidente grave de un familiar	44
Dificultades sexuales	39
Crecimiento de la familia (nacimiento, adopción)	39
Gran cambio financiero	38
Muerte de una mascota	37
Cambio de trabajo	36
Discusiones repetidas con la esposa	35
Hipoteca bancaria de más de $ 15.000	31
Gran cambio en el trabajo (promoción o transferencia)	29
Hijo o hija que dejan la casa (matrimonio, ejército)	29
Problemas legales	29
Esposa que comienza a trabajar	26
Mudanza, remodelación o refacción en la casa	25
Problemas graves con el jefe	23
Cambios en la vida social	18

Cuando le pregunté a uno de mis maestros de los Estados Unidos la razón de esta discordancia, argumentando que, para nosotros, la lista sería encabezada sin lugar a dudas por la situación de la muerte de un hijo, me contestó con un argumento que no alcanzó a convencerme, pero me obligó a pensar en una arista que hasta entonces yo no había tenido en cuenta.

Cuando un hijo se muere y la pareja se mantiene unida, hay dos a los que les está pasando lo mismo, hay alguien que puede comprender lo que nos pasa.
En cambio cuando la pareja es la que muere, a nadie, repito, a nadie, le está pasando lo mismo, estamos verdaderamente solos en nuestro dolor.

DICEN LOS VIUDOS Y LAS VIUDAS

"El dolor de la pérdida de la pareja desgarra y uno se pregunta cómo seguir viviendo."
"El silencio hiere los oídos, el hogar se convierte sólo en una casa."
"El llanto y la rabia se vuelven tu diaria compañía."
"No podés definir si sentís pena por el que se fue o por vos mismo."
"¿Cómo seguir respirando, caminando, haciendo lo cotidiano sin ella?"
"¿Mi capacidad de amar podría seguir existiendo?"
"Uno se siente como una baraja de naipes arrojada al aire."

No se puede generalizar pero cuando muere la pareja, la identidad, que está muchas veces armada en relación al vínculo, se ve amenazada. El hombre y la mujer que se quedan solos en el nido se definen como quebrados (así lo expresan muchas veces).

El gran desafío es rearmarse para hacer frente a este momento tan difícil.

Se han definido diez tipos de soledad que podrían llegar a sentir los viudos en etapa de duelo.

1. Extrañar a la persona en concreto
2. Extrañar el hecho de sentirse queridos
3. Extrañar la posibilidad de querer a alguien
4. Extrañar una relación profunda
5. Extrañar tener a alguien en casa
6. Extrañar compartir las tareas
7. Extrañar la forma de vida de la gente casada
8. Extrañar la satisfacción de ir acompañados
9. Extrañar la vida sexual
10. Extrañar las amistades en común

Dado que la expectativa de vida de las mujeres en la Argentina es de 75 años mientras que la de los hombres es de 71 (según la Dirección de Estadísticas de las Naciones Unidas), la viudez es un fenómeno que tiene mayor incidencia entre las mujeres.

Muchas mujeres fueron educadas para idealizar el amor, y siempre dependieron del hombre para subsistir social, económica y por consiguiente psíquicamente. Si bien la dependencia económica está disminuyendo, la psíquica continúa, por lo que no pueden evitar sentirse desamparadas cuando pierden al compañero.

Un hombre que pierde a su mujer puede sentirse desconsolado, pero difícilmente desamparado porque las mujeres estructuran su subjetividad en torno de los vínculos, mientras que los hombres la construyen en torno de su trabajo.
Si hombres y mujeres hicieran suya la frase de Ortega y Gasset:
"Yo soy yo y mi circunstancia"

Ellos dirían de sí mismos:
"Yo soy yo y todo lo que sé hacer".

Las mujeres dirían en cambio:
"Yo soy yo y todos aquellos a quienes amo".

La persona que murió no se pierde, porque es interiorizada emocionalmente. Lo que queda vacante es el lugar de los roles que ocupaba.
Una de las cosas que suelen sorprender a los viudos recuperados es que pueden volver a amar, a pesar del dolor, ya que el dolor y el amor pueden coexistir.

"Cuando murió mi esposa viví su muerte como un terremoto. Fui perdiendo de a poco a todos mis amigos. No sabía cómo se paga-

ba la luz, dónde se compraba la fruta ni cómo se conseguía la leche. Mis hijos me trataban como si fuera un inútil. Un día los junté a todos y les dije: 'Un momento, me quedé viudo, no descerebrado'. Ese día todo empezó a retomar su rumbo."

Esto de "yo no podría soportar que vos te fueras" es la misma historia de "yo nunca voy a poder dejar de fumar" y "nunca voy a poder hacer una dieta para adelgazar".

Mientras yo me crea que nunca podría, seguro que no voy a poder.

Si yo me creo que no voy a poder soportar tu ausencia, si me creo que no puedo seguir sin vos, si me convenzo de que mi vida ha terminado, es posible que todo eso suceda.

Hay una tribu, y esto es real, en el norte de África.
Es costumbre que cuando alguien comete un hecho muy grave, por ejemplo matar a otro miembro de la tribu, se hace una junta, una reunión de todos los jefes de la tribu.

Si lo encuentran culpable lo condenan a muerte. Lo maravilloso es que la condena significa hacerle una marca con tinta en el hombro. Es una marca rara, que en la tribu es el símbolo de la muerte.

A partir de ese día el condenado es alojado en una carpa a unos diez metros de los otros, nada más. Nadie lo toca, nadie le hace nada, si quiere comer, come, si quiere beber, bebe, nadie le dirige la palabra, nadie habla con él, está muerto.

Dos meses después de la condena, el reo muere, muere sin que nadie le haya tocado un pelo. Y no muere porque le pase algo en especial, ni porque la marca sea venenosa, muere sólo porque cree que se tiene que morir.

En esa cultura el condenado está convencido de que se va a morir, y por supuesto se muere, literalmente, se muere.

Según los especialistas, un duelo termina cuando uno puede volver a insertarse en la vida con nuevos proyectos, cuando decide que ya no está "muerto", y del dolor intenso puede pasar a uno menos intenso y de allí al amor por otros (la familia, una nueva pareja, los amigos).

Cuando la pareja muere, todos sus roles quedan vacantes y hay que aprender a reacomodarse. No es sólo haber perdido un contador, un jardinero, un compañero sexual, un padre, etc. No es sólo haberse quedado sin cocinera, ama de llaves, planchadora, consejera, partenaire sexual y enfermera... aunque también es eso.

Después de la muerte de tu pareja es muy difícil permitirse una nueva relación. No es indispensable hacerlo pero es importante saber que es posible.

DIVORCIO

Recordar es el mejor modo de olvidar.
SIGMUND FREUD

Quizás suene raro encontrar este título aquí, mezclado entre muertes y duelos funerarios. Y sin embargo, como vimos en nuestra cuestionada estadística de dolores, el divorcio está vivencialmente bastante cerca de lo catastrófico de la situación de muerte de la pareja.

Y pongo siempre el mismo ejemplo: una cosa es estar juntos y conectados, en una relación de pareja donde él o ella pueden irse, acercarse o quedarse y yo puedo también hacer lo propio, y otra cosa es estar enganchados.

Engancharse no es estar juntos, porque no sirve para conectarse con el otro, sino para tironear, para retener, para atrapar al otro y que no se pueda ir. Para escaparse va a tener que lastimarse y lastimarme, porque estamos atrapados.

Esto no es estar juntos ni tiene que ver con amor. Esto es un disfraz de la manipulación y del intento de controlar tu vida.

Y a pesar de la gravedad de este planteo, nos seducen estas situaciones de control, nos encanta tener estos vínculos "seguros", vivimos de alguna manera viendo cómo hacemos para tener al otro atrapado, para que el otro no se escape, para que no se vaya, y dimensionamos las relaciones de pareja como relaciones en las que

"Los dos somos uno"
"Somos una sola carne"
"Yo para el otro y el otro para mí"

De alguna manera nos encanta este símbolo infame de nuestra condena al sufrimiento garantizado, que es

"No puedo vivir sin vos"

¡Qué pesado que suena!

Un poco más tibio pero igualmente condicionante es

"Me hacés tan feliz".

Y yo digo siempre: no acepten, porque si aceptan tener ese poder van a tener que aceptar

"Me cagás la vida".

Pero lo cierto es que no tenés ese poder, nunca lo tuviste, aunque yo quisiera concedértelo. Me puede lastimar algo que ha-

gas, algo que digas, eso sí, ¿pero hacerme sufrir?, la verdad que no.
¿Qué puede hacer el otro?

"Puede hacer todo lo que a mí no me gusta."

Muy bien, bárbaro. Pero si hace todo lo que a mí me disgusta ¿para qué me quedo?

"Me quedo porque lo quiero."

Bueno, si vos te quedás porque lo querés ¿es el otro el que te está haciendo sufrir?
De ninguna manera.
Entonces digo que soy yo que me hago sufrir. Claro que sí. Y posiblemente no sea sólo yo, pero seguro que tiene que ver más conmigo que con vos.
Y lo que tiene que ver más conmigo que con vos es aquello que al principio llamamos el "sistema de creencias" de cada uno.
Si me creo que para ser feliz vos tenés que hacer tal cosa y tal otra.
Que para ser feliz vos tenés que conducirte de tal manera.
Que para que yo sea feliz vos no tendrías que decir tal cosa o tal otra.
Que para que yo no sufra vos deberías querer exactamente lo que yo quiero, en el exacto momento en que yo lo quiero.
Y que no tendrías que querer ninguna otra cosa, porque si vos querés alguna otra cosa en un momento que no es el momento en que yo lo quiero, entonces yo sufro por tu culpa.
Y si no tenés el poder de hacerme sufrir mientras estés conmigo, menos aún tendrás ese poder si nos separamos. Pero no me voy, me quedo.
¿Para qué me quedo?
Para cambiarte.
Para conseguir que seas diferente.

Para lograr que quieras exactamente eso que yo quiero.
Y sobre todo porque no soporto la idea de perderte.
Eso. Para no perderte, te voy a cambiar.
Lo cual significa en la práctica primero martirizarte y después de todas maneras perderte. Dos dramas al precio de uno.

Y yo sostengo que este es un camino que nosotros tomamos para intentar evitar la pérdida, para esquivar la elaboración de un duelo.
¿Quién quiere estar al lado de alguien que ya no te ama?
Yo no, vos tampoco, y seguramente ninguno de los que leen esto en este momento.
Entonces dejo de pretender agarrarte, dejo de querer engancharte.
Y abro las manos y permito que te vayas.
Y soporto el dolor sabiendo que una vez que elabore el duelo, una vez que trabaje con ese dolor, voy a quedar libre para poder amar a otra persona.

"Sí, pero quién me va a querer a mí ahora..."
Ah, entonces no te retengo por lo mucho que te amo, te retengo por mi propia inseguridad. Me quiero quedar en el confort de la tranquilidad de lo que tengo.
No quiero conocer lo que sigue.
No está mal, pero no tiene nada que ver con el amor.

Cuando veo infinitas parejas que sufren por estas cosas me dicen que hacen todo esto porque no soportarían el dolor de la pérdida, que viven cagándose la vida porque no soportarían vivir durante seis meses el dolor que les ocasionaría no estar más con esa persona.
Casi todos preferimos tratar de ver cómo hacemos para manipular la conducta del otro para que haga lo que nosotros queremos, antes que pasar por el camino de las lágrimas y dar lugar,

después de llorar, a que aparezca una persona que sea más afín con mis gustos y principios.

Parece que obtuviéramos más placer en establecer nuestro poder, que en buscar otro que quiera lo que yo quiero.

En un divorcio el duelo significa aprender que la pérdida de este vínculo puede conducir a un encuentro mayor después.

Con mi mejor amigo, mi hermano, mi hijo, mi pareja, lo mejor que me podría pasar es que cada uno de nosotros haga lo que en realidad tiene ganas de hacer y encontrarnos después, posiblemente, para compartir aquello que más te gustó y aquello que más me gustó a mí.

Pero para esto hay que soltar.

Hay que dejar de temerle a la pérdida.

En la mesa del café, en la peluquería, en los vestuarios de los clubes, uno escucha una y otra vez comentarios como estos:

"¡Ah, no! ¿Y si ella sale a tomar algo con un amigo y resulta después que el amigo le gusta más que yo? Mejor que no salga con ningún amigo, mejor que no vea a ningún hombre, mejor que use anteojeras por la calle, mejor que nunca salga a la calle."

"¡Ah, no! ¿Y si él sale con sus amigos y se encuentra con otra chica, y si después los dos...? Vaya a saber... mejor lo controlo, mejor lo celo, mejor me le cuelgo encima para que no haya ninguna posibilidad de que me abandone".

Este es un martirio persecutorio y siniestro producto de mi propia dificultad para enfrentarme con la pérdida.

Y digo que lo hago porque te quiero mucho (!!!???).

¡¡¡¡Mentiras!!!!

Esto lo hago porque no he aprendido de verdad a soltar, porque no me di cuenta de que el único camino al crecimiento es elaborar los duelos de las cosas que no tengo; de que el único camino en realidad necesario para mi propio crecimiento es que yo viva mi historia como el pasaporte para lo que sigue.

Si de noche lloras
porque el sol no está,
las lágrimas
te impedirán ver las estrellas.

RABINDRANATH TAGORE

Seguir llorando aquello que no tengo me impide disfrutar esto que tengo ahora.

Aprender a enfrentarse con el tema de la pérdida es aceptar vivir el duelo, saber que aquello que era es aquello <u>que era</u> y que <u>ya no es más</u> o por lo menos que ya no es lo mismo que era.

De hecho nunca es lo mismo.

Decía Heráclito: imposible bañarse dos veces en el mismo río.

Ni el río trae la misma agua ni yo soy el mismo.

Hay una pérdida necesaria.

Cuando me doy cuenta de que algo ha muerto, de que algo está terminado, ese es un buen momento para soltar.

Cuando ya no sirve, cuando ya no cumple, cuando ya no es, es el tiempo de soltar.

Lo que seguro no voy a hacer, si te amo de verdad, es querer retenerte.

Lo que seguro no voy a hacer es tratar de engancharte, si es verdad que te amo.

¿Te amo a vos, o amo la comodidad de que estés al lado mío?

¿Estoy relacionado con vos, individuo, persona?, o estoy relacionado con mi idea de que ya te encontré y no quiero salir a buscar más a nadie.

La verdad es que la pregunta que hago a todos es la que me hago a mí.

Si mañana yo llego a mi casa y mi esposa, después de 26 años de casados, me dice que no me quiere más... ¿qué pasa?

Primero dolor, angustia, tristeza, y luego más dolor.

Y después las dudas.
Me pregunto:
¿quiero yo seguir viviendo con alguien que no me quiere?
Yo. No ella. Yo ¿quiero seguir?
La quiero enormemente.
¿Alcanza? ¿Puedo yo quererla por los dos?
La verdad... que no.

Y la verdad es que esta es la historia: como sé que no puedo determinar que me quieras ni quererte por ambos, entonces... te dejo ir.

No te atrapo, no te agarro, no te aferro, no te aprisiono.

Y no te dejo ir porque no me importe, te dejo ir porque me importa.

"Pero, Jorge, hay situaciones, momentos, donde una pareja pelea y lucha por el vínculo y después de un tiempo de roces se vuelven a encontrar".

Sí, hay miles de parejas que antes de encontrarse debieron separarse, y otras que se separaron y nunca se volvieron a encontrar y hay miles más que no se separaron nunca y vivieron cagándose la vida para siempre, y hay toda la serie de variaciones que se te ocurran.

Pero seguramente el final de la historia de una pareja no pasa por cuánto consiga alguno de los dos mantener prisionero al otro.

Cuando una pareja en problemas viene a consultar a un terapeuta, basta que uno de los dos sienta que se terminó, que no quiere más, que no tiene emoción, que se acabó el deseo, basta que uno sostenga que agotó todos los recursos pero no le pasa nada, basta eso para saber que no hay mucho para rescatar.

Si hay deseo, si se quieren, si se aman, si les importa cada uno del otro, si creen que hay algo que se pueda hacer, aunque no sepan qué, los problemas se pueden resolver (mejor dicho, se puede intentar).

Pero si para alguno de los dos verdadera y definitivamente se terminó, se terminó para ambos, y no hay nada más para hacer.

Por lo menos en esta vuelta de la calesita. Quizás en la próxima te saques la sortija montada en el mismo pony, pero en esta vuelta no hay más premios para repartir.

Y entonces habrá que decirle al que ama:
Tengo malas noticias para vos. Lo siento, se terminó.
¿Y ahora?
No lo sé. Seguramente te duela.
Pero te puedo garantizar que no te vas a morir.
Si no te aferrás no te vas a morir.
Si no pretendés retener no te vas a morir.
Salvo, como dije, que vos creas que te vas a morir.

Cuentan que había una caravana en el desierto.
Al caer la noche la caravana se detiene.
El muchachito encargado de los camellos se acerca al guía de la caravana, y le dice:
—Tenemos un problema, tenemos 20 camellos y 19 cuerdas, así que ¿cómo hacemos?
Él les dice:
—Bueno, los camellos son bastante bobos, en realidad, no son muy lúcidos, así que andá al lado del camello que falta y hacé como que lo atás. Él se va a creer que lo estás atando y se va a quedar quieto.
Un poco desconfiado el chico va y hace como que lo ata y el camello en efecto se queda ahí, paradito, como si estuviera atado.

A la mañana siguiente, cuando se levantan, el cuidador cuenta los camellos, y están los veinte.

Los mercaderes cargan todo y la caravana retoma el camino. Todos los camellos avanzan en fila hacia la ciudad, todos menos uno que queda ahí.

—*Jefe, hay un camello que no sigue a la caravana.*

—*¿Es el que no ataste ayer porque no tenías soga?*

—*Sí. ¿Cómo lo sabe?*

—*No importa. Andá y hacé como que lo desatás, porque si no va a seguir creyendo que está atado y si lo sigue creyendo, no empezará a caminar.*

PÉRDIDA DE UN HIJO

Me preparé durante varios años para la pérdida de mis hijos varones, y ahora ha muerto mi hija; como soy profundamente increyente, no tengo ni siquiera alguien a quien acusar ni una instancia a la que pueda llevar mi queja.

Después de ser sometido a la primera operación de cáncer Freud pierde a su hija, es la primera vez que lo vieron llorar; sumamente afectado por esta pérdida irreparable, Freud escribe a Ferenczi.

La muerte de una persona querida es el suceso más estresante en el cual puedo pensar y entre todas las muertes imaginables la pérdida de un hijo es, a mi entender, la peor.

Alrededor de un 20% de los padres que lo vivieron asegura, diez años después, que nunca llegarán a superarlo del todo.

Es que en la muerte de un hijo, al dolor, a la congoja y a la sensación de aniquilamiento afectivo hay que agregarle la vivencia de mutilación.

La mayoría de los padres viven este acontecimiento como la

pérdida de una parte central de sí mismos y como la destrucción de las perspectivas y esperanzas de futuro.

La muerte de un hijo es considerada en todas las culturas un hecho antinatural, una inversión del ciclo biológico normal, y por eso racional y emocionalmente inadmisible. Es clásico mencionar que ni siquiera existe una palabra, equivalente a huérfano o viudo, que nombre a los que penan un hijo muerto.

El duelo no sólo va asociado a mecanismos psicológicos, sino que también se producen reacciones biológicas y neurovegetativas. Por ejemplo, se incrementa la producción de catecolaminas, se producen alteraciones en la segregación de la hormona cortisol, que repercuten en los ritmos biológicos; se debilita el sistema inmunológico. Las somatizaciones más comunes son alteraciones del sueño y del apetito, vómitos, mareos, taquicardia y temblor. En el primer año del duelo aumenta el número de consultas al médico. Se incrementa también el consumo de alcohol, tabaco y otras drogas. Entre las mujeres se multiplica la incidencia de cáncer de mama, y entre los hombres de las infecciones y los accidentes.

El estrés que causa esta pérdida es tan intenso que en algunas estadísticas aparece como causante inmediato de un elevado índice de mortalidad en los primeros años del duelo.

A veces las diferencias entre los estilos de los hombres y de las mujeres hacen a algunos momentos intrínsecamente difíciles porque:

mientras Él ve la situación global
                Ella percibe cada detalle de la realidad
mientras Él piensa qué hacer
                Ella actúa intuitivamente
mientras Él es lógico
                Ella se vuelve cada vez más sensible

mientras Él se pelea con el adentro
　　　　　Ella se enfrenta con el afuera
mientras Él solamente suspira
　　　　　Ella se anima a llorar

　　Y entonces frente a la muerte de un hijo muchas veces sucede que:

　　Ella necesita hablar sobre la muerte y vuelve sobre los detalles
　　Él se siente incómodo con el tema y preferiría no hablar más sobre el asunto

　　Ella no consigue empezar a adaptarse a los 18 o 24 meses
　　Él empieza a acomodar su vida a los seis u ocho meses

　　Ella siente deseos frecuentes de visitar la tumba
　　Él prefiere no volver a pisar el cementerio

　　Ella lee libros, escucha conferencias o asiste a grupos
　　Él se refugia en el trabajo, su hobby o las tareas de la casa

　　Ella no tiene prácticamente ningún deseo sexual
　　Él quiere hacer el amor para buscar un mejor encuentro

　　Ella sabe que su vida ha cambiado para siempre
　　Él quisiera que ella vuelva a ser la de antes

　　Mantener la pareja unida es, pues, todo un desafío. Es importante mantenerse lo más unidos posible, sin asfixiar ni colgarse de la compañía del otro. Es imprescindible aprender a poner en palabras lo que está pasando para ayudarse mutuamente, porque es casi imposible pasar por este dolor y sobrellevar esta situación sin tu pareja.

Algunos problemas más frecuentes entre los padres que han perdido un hijo son:

Sentirse abandonado y no tenido en cuenta.
Sentir que la relación de pareja ha pasado a un segundo plano.
Estar inhibido para opinar, actuar o proponer por temor a molestar a su pareja.
Temor de ser mal interpretado en sus actitudes.
Sentir que su cariño por quien ha muerto no es valorado en su justa medida.
Sentirse afuera del proceso del duelo de su pareja.
Sentir que las etapas felices, alegres y apasionadas de la relación son irrecuperables.
Sentirse obligado a permanecer en la pareja sólo por solidaridad frente al dolor.
Temor a la disolución del vínculo.
Culpa frente al supuesto fracaso en la protección de sus hijos.
Dificultades para aceptar que la pareja viva la pérdida a su manera.
Necesidad de parecer fuerte.
Ideas de que el otro es de alguna manera responsable de la muerte.
Sentimientos de impaciencia e irritabilidad hacia el otro.
Falta de sincronicidad en los momentos de mayor dolor o las recaídas.
Falta de coincidencia en las necesidades sexuales.

Después de enunciar todas estas diferencias y dificultades es fácil entender por qué una de cada cuatro parejas que atraviesan esta situación termina separándose.

Es necesario decidir desde el comienzo mantener un diálogo que permita sincerar los sentimientos, las fantasías y los miedos de cada uno, para evitar sentirse distanciados o recíprocamente incomprendidos, lo que sumaría al comprensible dolor el riesgo de quedar en soledad en momentos en que la relación de pareja representa el mayor y el mejor apoyo frente a la trágica pérdida.

Es imprescindible alejarse todo lo que se pueda de la gente desubicada que quiere "ayudar" en este momento tan difícil. Porque la mayoría de los conocidos o familiares cercanos no tiene ni idea de qué hacer con este tema y dice pavadas porque cree pavadas.

Es sorprendente escuchar a los que sostienen por ejemplo que "cuanto más pequeño mejor".

Algunos tratan de prorratear el dolor. Por ejemplo, si un niño de diez años muere, nuestro dolor será de "x", ... si un bebé de un año muere, el dolor deberá de ser de "x" dividido 10. Ridículo. ¿Sería más fácil enterrar a nuestro hijo cuando lo hicimos o un año después? Es una pregunta imposible de responder. No hay mejor tiempo, ni menos dolor. Perder a un hijo es una tragedia terrible pase cuando pase.

La mayor parte de los padres asegura que el dolor nunca se va por completo y es muy molesto soportar a los que nos informan que ya deberíamos estar mejor.

Algunos se ocupan de acercarnos alguna pastilla o insisten en forzarnos a beber alcohol porque "nos va a hacer bien", lo cual significa una manera de alejarnos del dolor. Pero hay que comparar el dolor con un préstamo. Debemos devolver el préstamo algún día. Entre más tardemos en hacerlo, más altos serán los intereses y las multas.

Nadie tiene mala intencionalidad, pero los que te quieren, que no soportan verte sufrir, son capaces de sugerir para solucionar la amenaza a SU integridad que representa tu dolor:

"Que otro hijo es la solución a tu dolor."
"Que necesitás olvidar a tu hijo y seguir con tu vida."
"Que tenés que sacar las fotos de tu hijo de tu casa."
"Que hay que pensar en otras cosas."

Lo cierto es que nada saben de lo que nos pasa. Quizás por eso la elaboración de la muerte de un hijo es el evento más solitario y más aislante en la vida de una persona. ¿Cómo puede entender alguien que no ha pasado por lo mismo, la profundidad de este dolor? Muchos padres dicen que los amigos se convierten en extraños y muchos extraños se convierten en amigos.

Lo mejor para hacer es aceptar la profundidad del dolor como la reacción normal de la experiencia más difícil que una persona puede vivir.

Los grupos de apoyo o de autoayuda son un paraíso seguro para que los padres que han perdido un hijo compartan lo más profundo de su pena con otros que han pasado por los mismos sentimientos. Muchos grupos de apoyo están llenos de personas fuertes y comprensivas dedicadas a ayudar a padres que recién sufren la pérdida de su hijo para que encuentren esperanza y paz en sus vidas.

En estos grupos los padres aprenden:

A saber que no están enloqueciendo.
A sentirse solidarios en un todo con lo sucedido.
A aceptar que les pasa lo mismo que a muchos otros.
A compartir el duelo con autenticidad basado en el amor por su pareja y en el sincero cariño que sentían por quien hoy no está.
A permitirse su propio duelo, sin imitar ni comparar el propio dolor con las expectativas del otro.
A asumir con responsabilidad la función de contener, apoyar y entender al otro, y aceptar con amor los cambios transitorios y comprensibles que puedan darse en su pareja.
A darse cuenta de que si no permiten que el trágico suceso destruya la pareja, terminará por afianzarla.

PÉRDIDA DE UN EMBARAZO

"Me hice yo misma la prueba de embarazo y cuando se formó el aro en el medio, yo tomé la primera foto de mi bebé. Aborté dos meses después. No pude creer cuánto se podía extrañar a alguien desconocido. No me parece que lo entienda todavía verdaderamente."

La pérdida de un bebé sin nacer es la pérdida de sueños y fantasías hechas.

Muchas veces esta pérdida y este sufrimiento duran más que la pérdida de alguien al que has conocido.

Dejar salir esta pena es la clave de cómo manejar este trauma emocional después de una pérdida de embarazo. Nunca hay un tiempo límite para completar las etapas del duelo pero en el caso de un aborto espontáneo temprano, la diferencia la aporta no sólo el tiempo de elaboración más variable sino una constante: el proceso es **MUY** solitario.

El médico obstetra a veces no es el mejor consejero.

Un obstetra poco humanitario puede sentir, cuando se pierde el embarazo, que no hay nada para hacer con esta paciente hasta su nueva preñez y retirarse para aliviar su propio dolor e impotencia. Desgraciadamente la comunidad médica tiene poco conocimiento sobre algunos abortos espontáneos; una mujer puede que nunca tenga las respuestas a sus preguntas producidas por su experiencia. En vez de eso, ella queda con la incertidumbre de no saber por qué sucedió, ni entender cómo, y seguir preguntándose "¿Y... la próxima vez?"

Y recuerdo ahora una frase que encontré hace años en los labios de una mujer que había perdido a su hijo de 42 en un accidente de trenes.

> *"Sólo hay una cosa*
> *que me puedo imaginar*
> *más terrible que la muerte de mi hijo.*
> *No haberlo siquiera conocido."*

Para terminar esa sesión le regalé a cambio, este viejo cuento que amo:

Cuentan que había una vez un señor que padecía lo peor que le puede pasar a un ser humano: su hijo había muerto.
Desde la muerte y durante años no podía dormir.
Lloraba y lloraba hasta que amanecía.
Un día, cuenta el cuento, aparece un ángel en su sueño.
Le dice:
—Basta ya.
—Es que no puedo soportar la idea de no verlo nunca más.
El ángel le dice:
—¿Lo querés ver?
Entonces lo agarra de la mano y lo sube al cielo.
—Ahora lo vas a ver, quedate acá.
Por una acera enorme empieza a pasar un montón de chicos, vestidos como angelitos, con alitas blancas y una vela encendida entre las manos, como uno se imagina el cielo con los angelitos.
El hombre dice:
—¿Quiénes son?
Y el ángel le responde:
—Estos son todos los chicos que han muerto en estos años y todos los días hacen este paseo con nosotros, porque son puros...
—¿Mi hijo está entre ellos?
—Sí, ahora lo vas a ver.
Y pasan cientos y cientos de niños.
—Ahí viene —avisa el ángel.
Y el hombre lo ve. Radiante, como lo recordaba.
Pero hay algo que lo conmueve: entre todos es el único chico que

tiene la vela apagada, y él siente una enorme pena y una terrible congoja por su hijo.

En ese momento el chico lo ve, viene corriendo y se abraza con él. Él lo abraza con fuerza y le dice:

—Hijo, ¿por qué tu vela no tiene luz?, ¿no encienden tu vela como a los demás?

—Sí, claro papá, cada mañana encienden mi vela igual que la de todos, pero ¿sabés lo que pasa?, cada noche tus lágrimas apagan la mía.

CAPÍTULO 8. OTROS DUELOS

> *A veces sueño con volver a ser el que era*
> *cuando soñaba con llegar a ser el que soy.*
>
> DE LAS "LIBRETAS DE JOSÉ"

No siempre las pérdidas que padecemos y lamentamos están relacionadas con otra persona.

Muchas veces la inquietud aparece frente a la sola idea de que mi propio bienestar está amenazado. En este capítulo quiero mostrar que un duelo ni siquiera se refiere necesariamente a una muerte. Se puede y se debe, por ejemplo, hacer un duelo por la pérdida de la juventud, de la salud, de las perspectivas, de las posesiones...

VEJEZ

> *¿Qué grado de bondad hay que alcanzar*
> *para soportar el horror de la vejez?*
> *Nuestro inconsciente es inaccesible a la idea de cercanía*
> *de la propia muerte. Para soportar la vida hay que estar*
> *dispuesto a soportar la muerte, quizás debamos buscar en*
> *la ficción y el teatro las pluralidades de vidas que*
> *necesitamos para morir con el héroe y sobrevivir a él.*
>
> SIGMUND FREUD en una carta a Lou Andreas-Salomé, 1915

EL TEMOR A ENVEJECER

El ser humano ha nacido capacitado para vivir todas las edades, con sus experiencias propias y especiales. Desde el día de nacimiento hasta que envejecemos, podemos escoger el intento de vivir con alegría o predestinados a ser desgraciados.

Una pérdida se actualiza por la imagen interna de algo que ya no está, aunque lo perdido se haya desvanecido casi sin saberse.

Un día notamos que aquella juventud maravillosa que tuvimos ha desaparecido (aviso: desaparece igual aunque no haya sido maravillosa).

*"Todo empezó un día como otro cualquiera
en el que iba por la calle
y de repente un adolescente me preguntó la hora.
Me dijo simplemente:
—¿Tiene hora, señor?
A mí.
¡Me dijo... SEÑOR!... ¡a mí!
¡Pendejo insolente!
... Y lo peor es que hace de esto 15 años."*

A partir de momentos como este nuestra vida sufre una crisis de identidad porque no habíamos pensado jamás que nos creíamos mucho más jóvenes que nuestro aspecto.

Nos da la sensación de que la primera etapa de nuestra vida ha sido filmada en cámara lenta y ahora parece que el director estuviera apurado para terminar de filmar.

Y eso que nosotros tenemos una ventaja sobre nuestros padres y abuelos. Esta, nuestra generación, ha crecido con oportunidades que ellos no tenían. No hablemos de cirugías y tratamientos "antiaging"; hablemos de inserción social, de confort y de expectativas de vida.

Cuando llegamos a lo que consideramos inicio de la madurez, deseamos saborear cada pequeño espacio de nuestra vida con intensidad. Hasta no hace mucho tiempo pensábamos que el hecho de cumplir los 40 años marcaba un punto de no retorno en nuestras vidas. Repetíamos, sin saber lo que decíamos, que lo que no se hace hasta los 40, después...

Ahora, pasados los 50, no creo que sea así para nada.

Dice una vieja canción celta:

Nunca me preocupé por la edad. Y ahora menos.
Lo único que lamento es lo rápido
que ha sucedido todo.

Las crisis se suceden unas a otras: nuestros hijos mayores nos vienen a agobiar con sus problemas o simplemente nos abandonan, nuestros hombres probablemente empiezan a fijarse en otras mujeres más deseables y bonitas, y nuestras mujeres probablemente dejan de parecernos deseables y bonitas. No nos da miedo envejecer, solamente NOS MOLESTA. Para no decir que nuestras mujeres también empiezan a encontrar hombres más jóvenes y deseables.

Aparecen canas, arrugas alrededor de los ojos, nos cuelga la piel de los brazos y el abdomen irrumpe hacia afuera desagradablemente.

Pero no todo es malo, pensemos en lo ganado:

experiencia,
presencia,
libertad,
intelectualidad,
sensatez.

Cualidades que deberemos tener muy en cuenta antes de declararnos deprimidos al comprobar en cada cumpleaños cómo la fatídica cifra de nuestra edad se acerca peligrosamente a los tres dígitos...

Los cuarenta tienen algo de simbólico. De algún modo injusto parecen marcar la mitad de nuestra existencia. Ya que la mayoría de las personas no espera vivir más de ochenta años, los cuarenta son el punto de inflexión.

Comenzamos a pensar mucho en el pasado reflexionando sobre el sentido que ha tenido nuestra vida ya transcurrida. Es el período de la meditación, del reencuentro con nuestro interior.

A esto se suma que, en nuestro entorno, nuestros conocidos también maduran y algunos (lamentablemente no tan mayores que nosotros) literalmente envejecen con una velocidad que nos asombra.

De hecho los vemos y al llegar a casa comentamos:

—La vi a Fulanita... está destruida, arruinada, le agarró el viejazo, ¿estará enferma?

Y en silencio rogamos que se trate de algún problema de salud para no imaginar que ella debe estar diciendo lo mismo de nosotros al llegar a su casa.

Y a veces los amigos tienen el mal gusto de morirse (a esta edad tan inadecuada) confrontándonos con la realidad de una muerte no necesariamente cercana pero sí más posible, o por lo menos más pensable.

Así nuestros años maduros nos sumergen en el mundo de duelos que nos provocan dolor e inquietud.

Si tenés más de cuarenta años y te cuesta adaptarte al hecho de envejecer (perdón, quise decir madurar), te propongo seis medidas negativas para hacer más positiva tu experiencia:

1. **No** juzgues tus nuevas limitaciones como un síntoma de debilidad.
2. **No** dudes en relacionarte con gente, estar acompañado, expresarte libremente.
3. **No** reprimas los sentimientos de tristeza que pueden invadirte.
4. **No** trates de ser lo que no sos.
5. **No** le pongas frenos a tu vida y dejala fluir.
6. **No** tengas prejuicios ni acumules rencores.

PERO ¿QUÉ ES ENVEJECER?

El drama de la vejez no consiste en ser viejo,
sino en haber sido joven.

OSCAR WILDE

Algunos de los signos más notables del envejecimiento normal en los humanos son: la disminución de la fuerza de los músculos, el deterioro de la habilidad del sistema inmunitario para responder a las enfermedades, la pérdida de la densidad de los huesos, la caída de pelo, las arrugas y la disminución de algunas funciones psíquicas complejas.

Fenómeno Hayflick y factor tiempo: Envejecer no es una enfermedad, es el efecto de la senescencia que ocurriría aunque todas las enfermedades desaparecieran de la Tierra. La senescencia empieza un poco después de la pubertad con pequeños cambios, como el depósito de placas de ateroma en las arterias mayores, y se va instalando con mayor magnitud a medida que transcurre el tiempo.

El doctor Hayflick encontró que el envejecimiento está programado dado que cada célula tiene normalmente un límite a priori en su potencial de crecimiento y división. Hayflick llamó a eso el **Efecto Reloj** y demostró que el número de células que son capaces de duplicarse es inversamente proporcional al tiempo vivido por un organismo (a más edad menos duplicación). La llegada a este límite es el principal cambio del proceso de senescencia y el causante del aumento de la susceptibilidad a ciertas enfermedades y la disminución de la capacidad homeostática (la habilidad del cuerpo para acomodar pequeñas distorsiones fisiológicas o daños en el cuerpo). Las células "scenescent" (no tan jóvenes) paran de dividirse y no funcionan en plenitud, desciende su síntesis de ADN y ARN y disminuye su capacidad para aceptar nutrientes. La cantidad de células "scenescent" contribuye a disminuir la función del organismo total.

La teoría de los radicales libres: Otra teoría dice que los cambios celulares se deben al proceso de convertir oxígeno en energía. En este proceso se producen moléculas llamadas radicales libres que en cantidades normales ayudan a mantener el cuerpo saludable, pero en grandes cantidades resultan dañosas para las células. Esto se llama reacción oxidativa.

Cancelando este proceso actuarían los medicamentos y alimentos antioxidantes como las moras, las frutillas, las espinacas y la vitamina E.

El envejecimiento es una de las pocas características que nos unifican y definen a todos en nuestro mundo pleno de diversidad y tan cambiante. Todos estamos envejeciendo. Tengamos 25 o 65 años de edad, 10 o 110, también estamos envejeciendo y esto significa que estamos vivos y es motivo de celebración.

Uno de los principales logros de todos los tiempos es el aumento en la expectativa de vida del ser humano conseguida en el curso de estos últimos cien años. En el siglo XX, la expectativa media de vida en los países desarrollados ha aumentado de unos 47 años a más de 75 años. El promedio de edad de la población en los países desarrollados aumenta a un ritmo sin precedentes y esta tendencia se observa en la mayoría de los países en desarrollo, a pesar de haber comenzado más tarde. La expectativa de vida para los que nacen hoy es de más de 82 años. (Aunque todavía nos falte mucho para el límite natural de nuestras vidas, que según los gerontólogos está alrededor de los 120 años.)

Al acercarnos al siglo XXI, la tendencia mundial a la disminución de la fecundidad y a la prolongación de la esperanza de vida ha dado al fenómeno del envejecimiento de la población una importancia sin precedentes.

El envejecimiento poblacional ha sido asociado habitualmente con los países más industrializados de Europa y América del Norte, donde una quinta parte o más de la población tiene más de 60 años. Sin embargo entre nosotros, para el año 2020 la población latinoamericana mayor de 60 años sumará 82 millones de personas.

Más allá del envejecimiento "biológico" del que hemos hablado existe también un envejecimiento "social", que se refiere al papel que impone la sociedad a la persona que envejece. En este último están involucrados todos los prejuicios que la sociedad manifiesta con relación a los ancianos. Ambos tipos de envejecimiento son responsables de los problemas que aquejan a las personas de edad avanzada.

En nuestras sociedades, frente al envejecimiento tenemos prejuicios y caracterizamos a las personas ancianas como pasivas, crónicamente enfermas, sin deseos sexuales o con necesidad desmedida de atención y de cuidados constantes, estigmatizando a los ancianos y condenándolos a la marginalidad social.

Sin embargo la mayoría de las personas no manifiesta alteraciones que influyen marcadamente en su funcionamiento físico, intelectual o social hasta que pasan los 70 años. A pesar de que al aumentar la edad los procesos motores, cognoscitivos y sensoriales se hacen más lentos, la motivación y la práctica permiten superar esas desventajas y hacen que las personas de edad se desempeñen con eficiencia.

Las personas en edad avanzada mantienen sus capacidades de desarrollo; el adulto mayor saludable y activo es un recurso para la familia y la sociedad. La vejez es cada vez menos sinónimo de dependencia; a pesar de que el riesgo de enfermedad crónica y de discapacidad se incrementa con la edad, solamente una de cada cinco personas en la edad de 70 años presenta alguna discapacidad funcional importante.

Respecto de que la <u>sexualidad es cosa de la juventud</u>, nada está más lejos de la verdad. Después de los 60 años existen por supuesto deseos y fantasías. Lo que cambia en todo caso son las formas y los valores. En esta época de la vida, la sexualidad se asocia más que antes al contacto y a la compañía. Nuestra sociedad nos hizo creer que la sexualidad es genitalidad, pero no abrazos, compañía, caricias. La sexualidad sigue tan viva como antes y en todo caso ha madurado.

Según José Fernando, "se ha descubierto que la sexualidad muere un día después de que lo entierren a uno".

Nuestras correspondientes políticas de asistencia social no coinciden con las realidades actuales ni con los probables escenarios del siglo XXI.

Desarrollar una cultura donde el envejecimiento y la vejez sean considerados como símbolos de experiencia, sabiduría y respeto, y contribuir al fortalecimiento de la solidaridad y al apoyo mutuo entre generaciones, constituye también un reto en nuestra sociedad: eliminar la discriminación y la segregación por motivos de edad. Según el actual paradigma de la vejez, los hijos se vuelven tarde o temprano padres de sus padres: consideran la vejez como una etapa "dependiente" de la vida.

Yo opino que los hijos son hijos y lo serán siempre; trastocar ese orden conlleva una imagen de venganza o en el mejor de los casos de pago de deuda que contraría el verdadero significado del amor.

ENVEJECER AMARGO

Ignacio Quintana dice: "...El hombre que envejece con amargura, crece en odios y en resentimientos. Sus arterias se envenenan, mortifican el cerebro y producen la metamorfosis de la sangre en bilis. Colapsa el aparato circulatorio, detenido por su pesadez. Momifica el cuerpo, degrada la visión, paraliza las manos. La amargura es Tánatos. Tánatos es la muerte y la tragedia.

"En la antigüedad, los viejos que no eran respetables eran expulsados en una nave para que murieran en el mar. Para alejarlos y permitir la tranquilidad de la polis griega.

"El viejo amargo reprime la violencia, y la transforma en odio social, en quejas vindicativas, en reclamos de supuestas injusticias. A veces se compensan con mecanismos de falsa grandeza, de falsa virtud, megalomanía e indignación reprimida. No existe otro fenómeno que contenga tanta fuerza destructora reprimida como la del viejo que exterioriza la maldad bajo el disfraz de la virtud con su patética necesidad de reconocimiento, cargos públicos y condecoraciones afeado aun por una fatua afirmación del yo..."

Y digo yo: ¡¡¡un viejo de mierda!!!

> *Me he resignado a la vejez y a la ceguera, del mismo modo que uno se resigna a la vida. A los 24 años se trata de ser Hamlet, de ser Byron, de ser Baudelaire. Uno cultiva la desdicha. A los 80 años se advierte que la desdicha no es necesario cultivarla.*
>
> Así habla Borges de su vejez

ENVEJECIMIENTO FECUNDO

El dulce envejecimiento consiste en llevar una vida productiva y sana dentro de la familia, la sociedad y la economía.

La vejez activa refleja el deseo y la capacidad de la persona, cualquiera sea su edad, para mantenerse involucrada en actividades productivas.

Una política cultural evolucionada debe alentar la actividad social y política de las personas de edad, reconociendo el valor de su contribución social.

La vejez no depende de la suma de una cantidad de años sino de la calidad de vida que hayamos tenido a nivel biopsicosocial como seres integrales que somos.

No es la sociedad, ni la herencia, ni el medio ambiente; no son los mitos sobre el envejecimiento ni los estereotipos de la vejez los que marcan por sí solos el estilo de vida que tengamos en esta última etapa. Cada uno de nosotros es responsable de su propio envejecimiento.

> *Hay dos situaciones tristísimas y lamentables: un viejo que se cree joven y un viejo que se cree muerto. En cambio hay una tercera que me parece estupenda: un viejo que asume la segunda parte de su vida con tanto coraje como la primera.*
>
> *Un día a los cuarenta años pensé: en el fondo del espejo me espía la vejez, es incansable, al final me atrapará. Me he debatido contra las etiquetas, pero no he podido evitar que los años me aprisionen. He vivido tendida sobre el porvenir y ahora, recapitulando el pasado, diría que el presente me ha sido escamoteado.*
>
> Elena Jabif

EL DUELO POR LA SALUD PERDIDA

> *La existencia humana debería ser como un río, pequeño en su nacimiento, corriendo por su cauce estrecho, precipitándose luego con pasión sobre las rocas. Gradualmente el río se ensancha, las márgenes se borran, las aguas fluyen mansamente y al final, sin ninguna fractura visible, se unen al mar, despojadas de toda turbulencia.*
>
> BERTRAND RUSSELL

Freud afirma que el deseo de vivir procura imponerse a los deseos de muerte. La enfermedad produce sentimientos de peligro. Al lado del envejecimiento aparece un desamparo impensable, aquel que surge cuando la ilusión de ser inmortal pierde certeza.

Sófocles pinta a Edipo en el final de la tragedia con una vida vagabunda, miserable y ciego, y le dice al lector:

Tened piedad del pobre fantasma de Edipo
pues ese viejo cuerpo ya no es él.

Elizabeth Kübler-Ross dice que frente a la noticia del diagnóstico firme de una enfermedad grave suceden muchas cosas que ella genialmente tradujo en un inflexible modelo de cinco etapas:

Negación
Ira
Negociación
Depresión
Aceptación

1. Negación: cuando una persona se entera de que sufre una enfermedad su primera reacción es un mecanismo de defensa que ante la evidencia nos hace decir "no, no puede ser, no quiero"; la persona se convence de que ha habido errores en los resultados de laboratorios o radiografías y que cambiando de médico puede obtener otra respuesta. La negación es un mecanismo normal que nos ha acompañado a lo largo de toda nuestra vida en relación al tema de la muerte, y hasta se hace necesaria para asumir algunos riesgos. La negación permite una tregua entre la psiquis y la realidad, le otorga el tiempo al individuo para pensar su futuro de manera más distanciada, buscando la adaptación del evento que ha asaltado su realidad abruptamente. Es un verdadero intento de amortiguación del efecto de la noticia.

2. Ira: cuando el enfermo acepta por fin la realidad se rebela contra ella, y nace la pregunta ¿por qué yo?, la envidia comienza a corroer el alma (qué injusto es que me haya tocado a mí) y los deseos de tener la vida de los demás inundan de ira todo a su alrededor (nada está bien, nada me conforma). Todo lo que ve le produce un agudo dolor, recordar su condición lo inunda de odio y rencor. Su autoestima está atropellada por no ser el elegido para permanecer con vida. Los enfermos en esta etapa necesitan expresar su rabia, y hasta que no lo hacen no consiguen librarse de ella.

3. Negociación: aparece una tentativa por negociar el tiempo, se intenta hacer un trato con la vida, con Dios, con el diablo... aunque la realidad le indique que para eso es demasiado tarde (el eterno fumador promete no fumar nunca más). Se trata de alguna manera de una conducta regresiva, pidiendo tiempo a cambio de buena conducta. La gran mayoría de estos pactos son secretos y sólo quienes los hacen tienen conciencia de ello.

Un hombre había decidido que deseaba disfrutar de la vida.
Él creía que para eso debía tener suficiente dinero.
Había pensado que no existe el verdadero placer mientras éste deba ser interrumpido por el indeseable hecho de tener que dedicarse a ganar dinero.
Pensó, ya que era tan ordenado, que debía dividir su vida para no distraerse en ninguno de los dos procesos: primero ganaría el dinero y luego disfrutaría de los placeres que deseara. Evaluó que un millón de dólares sería suficiente para vivir toda la vida tranquilo.
El hombre dedicó todo su esfuerzo a producir y acumular riquezas.
Durante años, cada viernes abría su libro de cuentas y sumaba sus bienes.

—Cuando llegue al millón —se dijo— no trabajaré más. Será el momento del goce y la diversión. No debo permitir que me pase lo de otros —se repetía—, que al llegar al primer millón empiezan a querer otro más.

Y fiel a su duda hizo un enorme cartel que colgó en la pared:

> solamente UN millón

Pasaron los años.
El hombre sumaba y juntaba. Cada vez estaba más cerca.
Se relamía anticipando el placer que le esperaba.
Un viernes se sorprendió de sus propios números:
La suma daba 999.999,75.
¡Faltaban 25 centavos para el millón!
Casi con desesperación empezó a buscar en cada chaqueta, en cada pantalón, en cada cajón las monedas que faltaban... No quería tener que aguardar una semana más.
En el último cajón de un armario encontró finalmente los veinticinco centavos deseados.
Se sentó en su escritorio y escribió en números enormes:

1.000.000

Satisfecho, cerró sus libros, miró el cartel y se dijo:
—*Solamente uno. Ahora a disfrutar...*
En ese momento sonó la puerta.
El hombre no esperaba a nadie. Sorprendido fue a abrir.
Una mujer vestida de negro con una hoz en la mano le dijo:
—*Es tu hora.*
La muerte había llegado.
—*No...* —*balbuceó el hombre*—. *Todavía no... No estoy preparado.*
—*Es tu hora* —*repitió La muerte.*
—*Es que yo... El dinero... El placer...*
—*Lo siento, es tu hora.*
—*Por favor, dame aunque sea un año más, yo postergué todo esperando este momento, por favor...*
—*Lo lamento* —*dijo La muerte.*
—*Hagamos un trato* —*propuso desesperado*—: *yo he conseguido juntar un millón de dólares, llevate la mitad y dame un año más. ¿Sí?*
—*No.*
—*Por favor. Llevate 750.000 y dame un mes...*
—*No hay trato.*
—*900.000 por una semana.*
—*No hay trato.*
—*Hagamos una cosa. Llévatelo todo pero dame aunque sea un día. Tengo tantas cosas por hacer, tanta gente a la que ver, he postergado tantas palabras... por favor.*
—*Es tu hora* —*repitió La muerte, implacable.*
El hombre bajó la cabeza resignado.
—*¿Tengo unos minutos más?* —*preguntó.*
La muerte miró unos pocos granos de arena en su reloj y dijo:
—*Sí.*
El hombre tomó su pluma, un papel de su escritorio y escribió:

Lector:
Quienquiera que seas.
Yo no pude comprar un día de vida con todo mi dinero.
Cuidado con lo que hacés con tu tiempo.
Es tu mayor fortuna...

4. *Depresión:* cuando se tiene conciencia de que todos los pasos anteriores fracasan ante el desarrollo de la enfermedad aparece la anticipación catastrófica (muchas veces exagerada) de la decadencia física, de la imposibilidad de trabajar, de los problemas económicos y familiares sumada a la sensación de inutilidad y la fantasía de llegar a constituir una carga innecesaria, todo provoca un estado natural de tristeza. La pena es producto de lo ya perdido, pero también un proceso de preparación ante la propia posibilidad de muerte. En esta etapa, más aun que en otras, es imprescindible para el enfermo expresar la profundidad de su angustia en vez de esconder su dolor.

5. *Aceptación:* requiere que la persona haya tenido el tiempo necesario para superar las fases anteriores. La persona ha trabajado con la muerte a través de la ansiedad y la cólera, y ha resuelto sus asuntos incompletos. A esta etapa se llega muy débil, cansado y en cierto sentido anestesiado afectivamente. En la etapa anterior ha luchado por capturar primero y desprenderse después del mundo y de las personas, ahora prefiere estar solo, preparándose para su futuro en un proceso de evaluación y balance de su vida que casi siempre adquiere la forma de una experiencia privada y personal. En los casos de enfermedades terminales el paciente que acepta de alguna manera renuncia a lo anterior y comienza su despedida en paz y armonía. En esta etapa no hay ni felicidad ni dolor, sólo paz. El dolor en todo caso está en quienes rodean al enfermo que también deben adaptarse a que este sólo desee el silencio para terminar sus días en paz consigo mismo y con el mundo.

Si bien no hay evidencia que indique que todas las personas atraviesan estas etapas o que haya un movimiento secuencial de una etapa a otra, es indudable que como recorrido se parece mucho a las cosas que a la mayoría de los pacientes con diagnósticos graves le ha pasado o le está pasando.

Este es un modelo flexible fluido que sirve para ayudar al paciente, su familia y sus seres queridos a comprender lo que está sucediendo y darle fortaleza al enfermo.
En una enfermedad grave las etapas descriptas por Kübler-Ross se corresponden con los momentos clásicos de la evolución clínica:
prediagnóstico,
diagnóstico,
etapa aguda,
cronicidad
y resolución (recuperación o muerte).

La anteúltima etapa es con mucho la más importante en este tiempo, tanto por el acortamiento de las anteriores como por la prolongación de la enfermedad misma (por ejemplo las personas viven por años después de ser diagnosticadas con cáncer y muchas veces mueren por otras causas que nada tienen que ver con aquel diagnóstico).

ALGO MÁS SOBRE LOS DUELOS

Detrás de cada cambio importante hay una pérdida para elaborar, aun detrás de aquellos que implican modificaciones "positivas", por llamarlas de alguna manera.

Para decirlo una vez más

> **Cada vez que algo llega, desplaza lo anterior, que deja de ser**

Así como

> **Cada vez que algo se va, deja lugar a lo que sigue**

Cambios (pérdidas o desarrollo) de propósitos y futuro
Cambios (agregado o disminución) en el patrimonio personal y el modo de vida
Cambios en lugar de residencia (de progreso o de involución)
Cambios laborales (incluidos los ascensos y cambios de destino)
Cambios en las relaciones y vínculos (amigos, parientes, casamientos, enamoramientos)
Cambios en las posturas ideológicas, religiosas o filosóficas
Cambios en la salud (deterioro y aun sanación de enfermedades)

Todos estos procesos y la infinita nómina que cada uno podría agregar suponen pequeñas o grandes muertes que no debemos subestimar y que implican una despedida y una elaboración. Como lo refleja Marta Bujó en su poema "Volar sin alas", ni siquiera hace falta que el cambio haya sucedido en el mundo de lo real, el duelo se abre también desde algunos sucesos imaginarios.

Volar sin alas

Es posible volar sin tener alas
y nadar sin necesidad de ser un pez.
Puedo sentarte frente a mí
mientras me tapo
los ojos con las manos,
y hasta sentir que te toco
aunque no estés aquí.
Pero, cómo podría, sin ser Neruda,
decirte lo que quiero decirte
y que lo oigas como quiero que lo oigas.

De vez en cuando me digo: quizás es cierto,
quizás nos conocemos desde hace siglos
y me subo al delirio y me relamo
y hasta creo recordar nuestros caminos desandados
y quellos maestros compartidos,
Y El arte de amar y El principito
y La casa redonda
que alguna vez debimos leer juntos.

Y un minuto después, ya estoy diciendo:
No es cierto. No puede ser verdad
No existes y si existes jamás nos encontramos.
Porque si todo fuera
como yo me lo imagino,
jamás podría perdonarte
tu inoportuno y absurdo silencio
de estos últimos 50 años.

MARTA BUJÓ
de *Antología de un tiempo que no fue*

Cada día que empieza es en realidad la historia de la pérdida de mi día anterior, porque no soy el que era ayer.

Yo, Jorge Bucay, no soy el Jorge Bucay que era ayer y sé que mañana no voy a ser el de hoy.

Pero si lo pienso así... ¡¡¡Me condeno a vivir de duelo!!!

Para muchos autores el dormir y el soñar son en última instancia el espacio humano para vivir estos pequeños duelos cotidianos. Si quiero pensarlo así, me desprendo durante la noche de lo que dejo atrás y me despierto cada día con la ganancia que me dejó el día que pasó y la perspectiva novedosa del día que comienza.

Yo puedo pensar en esto o hacerme el distraído.

Puedo darme cuenta de que no soy (y es cierto que no soy) el Jorge Bucay de hace diez años. No lo soy, afortunada y lamentablemente las fotos lo demuestran.

¿Este Jorge es mejor que el de antes?

¿Me gusta más o menos?

¿¿Está más maduro o simplemente se pudrió??

Este no es el punto en cuestión.

Seguramente hay un cambio. Haber dejado de ser aquel que era es <u>causa y efecto</u> de ser este que soy.

Y este que soy es aquel más este, hay una ganancia en el camino.

Y es importante registrar qué ganancia es el resultado de aquella pérdida.

Pero para esto tengo que poder soltar. Aferrado al recuerdo de mantener y sostener aquello que yo era, entonces no va a haber ninguna posibilidad de ganar y quizás ni siquiera de llegar a ser.

Cuentan que...

Había una vez un derviche que era muy sabio y que vagaba de pueblo en pueblo pidiendo limosna y repartiendo conocimientos en las plazas y los mercados del reino.

Un día, en Uq-far se le acerca un hombre y le dice:

—Anoche estuve con un mago muy poderoso, y él me dijo que venga hoy aquí, a esta plaza. Y me aseguró que me iba a encontrar con un hombre pidiendo limosna. Y que ese hombre me iba a dar un tesoro que iba a cambiar mi vida para siempre. Así que cuando te vi me di cuenta de que tú eras el hombre, dame mi tesoro.

El derviche lo mira en silencio y mete la mano en una bolsa de cuero raído que trae colgando del hombro.

—Debe ser esto —le dice.

Y le acerca un diamante enorme.

El otro se asombra.

—Pero esta piedra debe tener un valor increíble.

—¿Sí? Puede ser, la encontré en el bosque.

—Bueno, y cuánto te tengo que dar por ella.

—Nada. ¿Te sirve para algo? A mí no me sirve para nada, no la necesito, llévatela.

—¿Pero me la vas a dar así? ¿A cambio de nada?

—Sí... sí. ¿No es lo que tu mago dijo?

—¡Ah! Claro. Esto es lo que el mago decía, gracias.

Y el hombre agarra la piedra y se va.

Media hora más tarde vuelve.

Busca al derviche hasta que lo encuentra y le dice:

—Toma tu piedra.

—¿Qué pasa? —pregunta el derviche.

—Dame el tesoro —dice el hombre.

—No tengo nada más para darte —dice el derviche.

—Dame la manera de poder deshacerte de esto sin que te moleste.

CAPÍTULO 9. AYUDAR A OTROS A RECORRER EL CAMINO

El simple hecho de preguntar amorosamente a alguien que vive un duelo por una pérdida "¿qué pasó?", o el acercarse a quien acaba de perder a un ser querido para pedirle sin morbosidad que nos cuente cómo fue, permite al que está dolido revivir su experiencia y con ello facilita la integración de la pérdida aunque obviamente le sea muy doloroso contestar.

Los amigos, familiares lejanos y vecinos que preguntan por ello con genuino interés y se quedan al lado del que vive la pérdida ayudan a dejar parte de la pesada carga de dolor y angustia para recorrer el camino de las lágrimas más liviano.

Escuchar, acompañar, preguntar, estar... acciones que ayudan en el duelo.

¿QUÉ ES AYUDAR EN UN DUELO?

El procedimiento es muy semejante al que el médico o la enfermera realizan cuando se limpia una herida: descubrir, higienizar, sacar restos inútiles de tejidos destruidos, ayudar a la cicatrización. Duele enormemente, sobre todo al principio, pero poco a poco disminuye el dolor y se aleja el riesgo de una complicación gracias al proceso de curación.

Este proceso de asistencia consiste en ayudar a los que elaboran un duelo para que puedan:

1. aceptar la pérdida,

2. expresar libremente el dolor propio de la aflicción,

3. reubicarse sin el difunto,

4. resituar emocionalmente al difunto en la vida del que queda.

Con este capítulo no pretendo forzarte a que quieras estar con tu amigo que llora una pérdida, lo que sí pretendo aportar son algunos datos probadamente útiles para que, si estás decidido a acompañarlo, tu ayuda sea más eficaz.

Si bien voy a referirme especialmente al duelo por la muerte de un ser querido, la mayoría de las pautas explicitadas abajo se corresponden absolutamente con las vivencias de quienes elaboran duelos por otro tipo de pérdidas (afectivas, materiales o espirituales).

Creo que es importante empezar por saber que el duelo no es una enfermedad en sí mismo. Sin embargo, a pesar de esta certeza, podemos observar los siguientes datos: 90% de las personas sufren trastornos del sueño durante el duelo, 50% padecen seudoalucinaciones auditivas o visuales, 35% dicen tener algunos síntomas similares a los que condujeron al fallecido a su muerte, 10% de los parientes más cercanos y amigos íntimos enferman gravemente durante el primer año de duelo. Los suicidios y las muertes por accidente son 14 veces más frecuentes entre los que han sufrido en el último año la pérdida de un ser querido que en la población general. Todos los que atraviesan un cambio importante están obligados, a pesar de sus turbulentas emociones, a adaptarse en varios niveles, reorganizando los sistemas de comunicación con el mundo (ya no está el otro para hacerlo), ajustando las reglas al funcionamiento del sistema (nada es igual, todo ha cambiado) y redistribuyendo los roles que antes estaban asignados de una manera ahora impracticable (de algunos me haré cargo personalmente y de otros deberá ocuparse alguien más), como condición para entrar en algún momento a la nueva realidad (la vida "sin").

Estos datos por sí solos nos obligan a darnos cuenta de cuán necesarios somos para nuestros amigos que se encuentran elaborando un duelo.

Si bien la mejor herramienta para esta ayuda es el amor, cuánto mejor será nuestra presencia y acompañamiento si además de nuestros sentimientos y cuidados, fuéramos capaces de aportar la comprensión adicional que nos da tener algún conocimiento de lo que está sucediendo dentro del que pena y algunas herramientas para aliviar su dolor.

Para poder acompañar saludablemente a un familiar o amigo que ha perdido algo o a alguien valioso es posible hacer muchas cosas, pero es necesario dejar de hacer algunas otras. Transcribo aquí abajo una pequeña lista incompleta de algunas premisas importantes:

TENER EN CUENTA LAS ACTITUDES QUE NO AYUDAN

1. No le digas que lo comprendés si no pasaste por una situación similar.
2. No hagas lo que hace la gente "porque es lo que se acostumbra".
3. Decidite a ayudar hasta donde tu corazón te pida y no hasta donde tu cabeza te exija. Nunca hagas lo que no querés hacer.
4. No intentes buscar una justificación a lo que ha ocurrido.
5. No te empeñes en animarlo ni tranquilizarlo, posiblemente lo que más necesita el otro es que lo escuches.

6. No le quites importancia a lo que ha sucedido hablándole de lo que todavía le queda.
7. No intentes hacerle ver las ventajas de una nueva etapa en su vida. No es el momento.
8. Evitá las frases hechas. La incomodidad nos mueve a recurrir a expresiones que no ayudan para nada:

"Tenés que olvidar",
"Fue mejor así",
"Dejó de sufrir",
"El tiempo todo lo cura",
"Mantenete fuerte por los niños",
"Es la voluntad de Dios",
"Es ley de vida"...

DEJAR QUE SE DESAHOGUE

Sentir y expresar el dolor, la tristeza, la rabia o el miedo frente a la muerte de un ser querido es el mejor camino que existe para cerrar y curar la herida por la pérdida. Estás equivocado si pensás que dejarlo llorar no sirve más que para añadir dolor al dolor. Estás equivocado si creés que ayudar a alguien que sufre es distraerlo de su pesar.

Es mediante la actualización y la expresión de los sentimientos que la persona en duelo se puede sentir aliviada y liberada.

No temas nombrar y hablar de la persona fallecida por miedo a que se emocione. Si llora, no tenés que decir o hacer nada en especial, lo que más necesita en esos momentos es tu presencia, tu cercanía, tu compañía y tu afecto.

Tampoco temas llorar o emocionarte con su llanto. No hay nada de malo en mostrar tu pena, en mostrar que a vos también te afecta lo que ha pasado, en mostrar que te duele ver a tu amigo o familiar en esa situación.

Lo que más necesita el que está de duelo, por lo menos en estos momentos, es una oreja para poder hablar, un espacio para sentirse débil y un hombro para llorar.

Esta es quizás la premisa más importante para recorrer el camino de las lágrimas con un ser querido:

> **NUNCA interrumpas la expresión del dolor**

Mucha gente corta intencionadamente las expresiones emocionales del otro con una supuesta intención de protegerlo de su sufrimiento pero ocultando (a veces sin siquiera saberlo) la verdadera intención: protegerse de sus propias emociones dolorosas.

HABLAR DEL SER QUERIDO QUE HA MUERTO

Es imprescindible, cuando estemos cerca, permitirle al que está de duelo que hable todo el tiempo y todas las veces que lo necesite del difunto y participar con naturalidad de ese diálogo.

Una pareja de padres que atendí alguna vez decía:

"Los parientes y los amigos rehúyen hablar o pronunciar el nombre de nuestra hija. Desvían la conversación hacia cualquier otro tema. Tal vez tengan miedo de alterarnos o hacernos llorar. Quizás creen que la muerte de un hijo es contagiosa. Pero, ¿qué pretenden, que la olvidemos, que no lloremos más?"

Hay que animarse a compartir con tu amigo los recuerdos de la persona fallecida (ver fotos, contar anécdotas...). Recordar a la persona amada es un consuelo para los supervivientes. Repetir y evocar los recuerdos es parte del camino que tienen que recorrer para sanar su herida.

PROCURAR EL TIEMPO NECESARIO PARA EL DUELO

Si no sabés qué decir, no digas nada.

Escuchá, estate presente, sin pensar que tenés que dar consejos constantemente o estar levantando el ánimo.

No palmees su espalda mientras le decís que tiene que sobreponerse, ya lo hará a su tiempo.

El principio del camino de las lágrimas suele ser muy acompañado, pero a poco de andar la mayoría de los que se acercaron y prometieron seguir han desertado.

El contacto puede mantenerse de muchas maneras. Una visita, un café, un paseo, una carta, un e-mail o una llamada telefónica pueden romper su soledad y recordarle al ser querido que allí estamos.

Las fiestas y los aniversarios son momentos particularmente dolorosos en los que suele ser muy importante estar cerca de la persona en duelo.

Uno de los reclamos que silenciosamente hacen aquellos que elaboran un duelo es: *"¿Dónde están ahora, un año después, todos los que se ofrecieron a acompañarme?"*

COLABORAR EN LAS TAREAS

Si no sabés qué hacer, pensá en cómo podrías colaborar en algunas tareas cotidianas.

La ayuda en el papeleo puede ser la mejor manera de dar una mano en los primeros momentos.

La más desacreditada de las ayudas y una de las más importantes es ayudar a establecer y llevar adelante los rituales funerarios (entierro, velatorio, avisos fúnebres), porque en momentos difíciles los ritos son importantes. Este es uno de los roles que sólo los amigos del corazón se atreven a desempeñar.

Todas las sociedades han desarrollado rituales (costumbres o ceremonias) alrededor de la muerte de un ser querido. Los ritos cambian de cultura en cultura y de tiempo en tiempo, pero su sentido es siempre el mismo: cumplir por lo menos con cinco importantes funciones:

1. Preservar a los supervivientes y ayudarlos a enfrentarse a la muerte.
2. Mostrar la realidad de la pérdida y la expresión pública del dolor de los familiares y amigos.
3. Hacer conocer la pérdida al grupo social y permitir la expresión de solidaridad y apoyo.
4. Despedirse del muerto.
5. Reconfirmar que el grupo continúa viviendo, celebrando el triunfo de la vida.

LA AYUDA TERAPÉUTICA

Las intervenciones psicoterapéuticas para el duelo son variadas e incluyen terapia individual y de grupo. Sabemos que los métodos que fueron efectivos en el tratamiento de duelos muy complejos difieren de los necesarios para los menos complejos; sin embargo la lista de estos métodos de tratamiento más usados y efectivos, según las encuestas mundiales en los últimos cinco años, incluyen:

— Grupos de ayuda mutua autogestionados.

— Psicoterapia dinámica de tiempo limitado.

— Intervención de comportamiento cognitivo.

— Tratamiento farmacológico con terapia de apoyo.

— Desensibilización progresiva del trauma.

— Talleres y laboratorios temáticos gestálticos.

La gran mayoría de los duelos transcurren sin complicaciones (duelos normales) y se completan saludablemente dentro de un tiempo razonable sin intervención externa.

El apoyo de grupos sociales, familiares y amigos así como el aporte de personas calificadas o profesionales entrenados puede, de todas formas, ayudar a mejorar la calidad del proceso de duelo.

Las metas de orientación para la ayuda descritas por Worden son diez:

1. ayudar a la persona en duelo a aceptar la pérdida, invitándola a hablar acerca de ella y de las circunstancias que la rodearon
2. ayudar a identificar los sentimientos relacionados con la pérdida (rabia, culpa, ansiedad, tristeza), no criticando su presencia, más bien avalando su expresión
3. ayudar a vivir sin el fallecido y a tomar sus propias decisiones
4. ayudar a independizarse emocionalmente del fallecido y establecer relaciones nuevas
5. ayudar a enfocar su duelo en situaciones especiales como cumpleaños y aniversarios
6. "autorizar" la tristeza dejando saber que es lo apropiado e informando de las diferencias individuales de este proceso
7. dar apoyo continuo, incondicional y sin límite de tiempo

8. ayudar a la persona a entender su propio comportamiento y su estilo de duelo
9. identificar problemas irresueltos y eventualmente sugerir ayuda profesional
10. escuchar... comprender... escuchar... comprender... escuchar... y comprender.

PSICOTERAPIA PROFESIONAL

La terapia es indicación casi obligada en personas que manifiestan un duelo complejo o anormal. Porque cuando un paciente se queda estancado en el lugar del duelo y no puede salir durante un pequeño tiempo, él mismo empieza a sentir que no puede hacer nada para salirse de donde está trabado.

Ni siquiera puede, pobre, escuchar a quien lo quiere ayudar, y esta última frase nos conecta con una paradoja.

> **Es una persona que necesita ayuda para poder recibir ayuda**

La meta de la terapia en estos pacientes, tanto en individual como en grupo, es identificar y resolver los conflictos de separación que interfieren en la culminación del proceso de duelo.

Más que en ningún otro caso es importante establecer un contrato terapéutico claro para definir tiempo necesario, costo, expectativas y enfoques.

Si el paciente se queja de problemas físicos, es imprescindible antes de iniciar un tratamiento descartar cualquier enfermedad.

La terapia de duelo requiere hablar acerca de la persona fallecida y reconocer si hay emociones mínimas o exageradas alrededor de la pérdida. Una descripción persistente e idealizada de la persona fallecida puede indicar la presencia de sentimientos ambivalentes de rabia. La terapia puede ayudar a la persona a ver que la culpa, rabia u otros sentimientos "negativos" pueden estar interfiriendo en otros más positivos y viceversa.

También puede suceder que las complicaciones en el proceso se deban a algún duelo anterior mal resuelto. El duelo relacionado a estas pérdidas anteriores debe ser manejado apropiadamente para poder resolverlo satisfactoriamente.

La terapia de duelo incluye el lidiar con la resistencia al proceso de duelo, identificar los asuntos pendientes con el fallecido e identificar y acomodar pérdidas secundarias como resultado del fallecimiento.

Por último el doliente debe ser ayudado a aceptar la condición irreversible de la pérdida, y visualizar lo que será su vida después de terminar de recorrer el húmedo camino de las lágrimas.

A pesar de resistirme ideológicamente a que sea tomado como norma y menos aún de primera instancia, a veces la medicación terapéutica abre una puerta por donde poder entrar para poder ayudar.

Pero atención: La medicación es un parche, no soluciona nada... Nada.

Nadie pasa del duelo tomando antidepresivos. Nadie.

Lo único que la medicación puede hacer es abrir la puerta. Y a veces hace falta. Sólo a veces...

La mejor droga es sin lugar a dudas la presencia sostenida de quienes amorosamente deciden acompañar al que pena hasta el final de este camino.

Y de todas maneras, de ellos se reciben no sólo las "buenas palabras" sino también, muchas veces, "las malas bienintencionadas acciones".

Las buenas palabras son, por ejemplo:

Respeto,
Permiso,
Compañía,
Sostén,
Ayuda,
Facilitamiento,
Propuesta,
Presencia.

Y las "malas" acciones podrían ser:

Forzar,
Empujar,
Manipular,
Salvar,
Interrumpir,
Olvidar,
Invadir,
Apurar.

Aceptemos que puede haber alguien que está muy triste, con mucho dolor, y que con sinceridad no quiere por ahora que lo ayudes a salirse de ese lugar.
Hay que tener mucho cuidado, hay que ser muy respetuoso.
A veces es muy difícil saber si estás molestando o estás ayudando.

Sumándose al duelo, los manejos de los padres y otros familiares o de algunos amigos (poco amigos) determinan, a nivel social, una presión culposa a veces más insoportable que el dolor de la misma pérdida.

Me parece bueno acercarse y me parece bien proponer; pero estoy seguro de que hay que evitar los "hacelo por mí".

A veces escucho, por ejemplo:

"Tenés que salir, porque tenés familia...
porque tus hijos...
porque tu esposo...
porque fulano...
porque mengano".

Y yo digo, puede que sea una buena idea recordarle que hay otras cosas, pero no lo es forzar una actuación y menos desde la culpa, porque a veces, como dijimos, hay que preguntarse sinceramente si lo que estoy queriendo es ayudarte a salir por vos o estoy queriendo que vos salgas de tu tristeza, porque soy yo el que no soporto verte triste.

Ayuda puede ser simplemente llamarle la atención a alguien para que se ocupe de sí mismo.

Les digo a los que están de duelo:

En medio de este luto que tenés, en medio de este dolor, te llama tu mejor amiga. La mejor amiga que tenés en el mundo te llama y te dice:
"Yo sé que estás mal, pero te necesito, así que, por favor, dejá lo que estás haciendo, salí de tu casa, vení, ayudame, necesito que me consueles, necesito que me contengas, necesito que me ayudes a amigarme con la vida, porque estoy en un momento muy difícil, te necesito conmigo de verdad, por favor, vení."
A pesar de tu duelo, ¿qué creés que harías?
Y en general los dolientes respiran hondo pero siempre dicen:
—Iría.
—Irías, ¿seguro?

—*Sí, sí.*
Y entonces agrego como el mago de una feria:
—*Tu mejor amiga sos vos. Y te estás pidiendo eso. ¿Vas a ir o no?*

EL DUELO EN EL NIÑO

SER COMPLETAMENTE HONESTOS CON EL NIÑO

Acompañar a un niño que ha perdido a un ser querido significa ante todo <u>no apartarlo</u> de la realidad en la que está viviendo, con el pretexto de ahorrarle sufrimiento. Aunque por razones de edad no comprenda todavía lo que es la muerte, es perfectamente sensible a la reacción y el llanto de los adultos, a los cambios en la rutina de la casa, a la ausencia de contacto físico con la persona fallecida…; es decir, se da cuenta de que algo pasa y le afecta.

Solamente evitaremos (siempre que sea posible) que presencie escenas desgarradoras de dolor y pérdida de control de los adultos.

Aunque resulte muy doloroso y difícil hablar de la muerte con el niño, es mejor hacerlo lo antes posible. Pasadas las primeras horas de mayor dramatismo y confusión, buscaremos un momento y un lugar adecuados y le explicaremos, con un lenguaje apropiado para su edad, lo ocurrido. Haremos un esfuerzo por contestar todas sus preguntas. Si no tenemos alguna respuesta, le diremos sencillamente que no lo sabemos.

Para los niños menores de 3 años, la muerte es como un largo sueño del cual en algún momento se despierta, esto es, algo provisional y reversible. Será pues necesario ser pacientes para explicarle una y otra vez lo ocurrido y lo que significa la muerte. Recordar que, para que pueda iniciar adecuadamente el proceso de duelo, es necesario que deje de *esperar* a su ser querido, y llegar a comprender que éste no regresará nunca.

Evitar pues frases del tipo de:

"Se ha quedado dormido para siempre" (porque podríamos inducirlos a rechazar el dormir de noche por temor a no despertar).

"Se ha marchado de viaje" (porque no querrán ir en tren).

"Está muy lejos, muy lejos..." (porque permanecerán aguardando su regreso).

Para que el niño entienda qué es la muerte, suele ser útil emplear ejemplos traídos de la naturaleza: las hojas en otoño, la muerte en los animales... Explicarle que los médicos y las enfermeras hicieron lo posible para "arreglar" el cuerpo, pero que, a veces, está tan herido o enfermo que las medicinas no lo pueden curar.

Es muy difícil, además de inútil, esconder la causa de la muerte al niño.

PERMITIR Y ANIMAR AL NIÑO A ASISTIR Y PARTICIPAR EN EL VELATORIO, FUNERAL, ENTIERRO...

Tomar parte en estos actos puede ayudarlo a comprender qué es la muerte y a iniciar mejor el proceso de duelo. De ser posible, es aconsejable explicarle con antelación qué verá, qué escuchará y el porqué de estos ritos.

PERMITIR AL NIÑO VER EL CADÁVER

Muchos niños tienen ideas falsas con el cuerpo. Comentarle que el cuerpo deja de moverse, de respirar, de comer, de hablar, de ir al baño, y no siente dolor. Dejarle bien claro que ya no siente nada: ni lo malo, ni el frío, ni el hambre... Antes de que vea el cadáver, explicarle dónde estará, qué aspecto tendrá... Si el niño no quiere ver el cadáver o participar en algún acto, no forzarlo.

OCUPARSE DEL NIÑO

El niño intuye enseguida que la muerte va a tener muchas consecuencias en la familia.

Si los padres o el padre superviviente están demasiado afectados, puede ser conveniente que otra persona se responsabilice de acompañarlo durante estos actos. Es preferible que sea alguien cercano al niño, que le permita expresar sus emociones y se sienta cómodo contestando sus preguntas.

El niño puede temer también ser abandonado por el familiar que ha quedado. Hay que asegurarle que, aunque está muy afectado por la pérdida, se encuentra bien y no le va a pasar lo mismo. Es bueno decirle que, aunque estamos muy tristes por lo ocurrido, vamos a seguir ocupándonos de él lo mejor posible.

PERMITIR Y ANIMAR LA CATARSIS EMOCIONAL

Aunque no siempre las expresen, los niños viven emociones intensas tras la pérdida de una persona amada. Si perciben que estos sentimientos (rabia, miedo, tristeza...) son aceptados por su familia, los expresarán más fácilmente y los ayudará a vivir de manera más adecuada la separación.

Frases como:

"no llores",
"no estés triste",

"tenés que ser valiente",
"no está bien enojarse así"...

pueden cortar la libre expresión de emociones e impiden que el niño se desahogue.

El niño en general está sintiendo rabia e impotencia porque se da cuenta de que ha sido *abandonado,* y puede expresarlas de muchas maneras: irritabilidad, pesadillas, juegos ruidosos, travesuras...

Es frecuente que dirijan el enfado hacia un familiar cercano o hacia las cosas del que ya no está.

Es imprescindible permitirle que saque la rabia gritando, corriendo, golpeando, etc., cuidando únicamente que no se lastime a sí mismo (un buen par de almohadones grandes pueden ser de mucha ayuda)...

CONTESTAR TODAS LAS PREGUNTAS

Hay que contestar honestamente y de la manera más real posible a todas sus preguntas. Yo creo que si tienen dos años y el abuelito se murió, hay que decirles "el abuelito se murió", no pasa nada. Somos nosotros los que en realidad nos asustamos de sus respuestas.

Cuando muere un ser querido, todos necesitamos consuelo y sentirnos rodeados de un ambiente de confianza y de seguridad, y esto sólo puede darse cuando decimos la verdad. En el caso de familias creyentes, puede ser un buen momento para comentar el sentimiento profundo de que Dios nos ama, está con nosotros y nos acompaña en estos momentos tan difíciles. Dios no nos deja nunca, ni en la vida ni en la muerte.

Los niños más pequeños pueden creer que la muerte es "contagiosa" y pueden pensar que pronto les llegará su turno. Explicarles que no tienen nada que temer. Pueden pensar también que algo que dijeron o pensaron causó la muerte. Dejar bien claro que ellos no son responsables.

Los cuatro temores más frecuentes del niño son enunciados en general de esta manera: *"¿Fue culpa mía la muerte?" "¿Me va a pasar a mí cuando cumpla... años?" "¿Quién me va a cuidar?" "¿Con quién voy a jugar ahora?"*

Lo más habitual es que el niño elabore el duelo alternando fases de preguntas y expresión emocional, con intervalos en que no menciona para nada el asunto.

RESPETAR SU MANERA DE AFRONTAR LA PÉRDIDA

Tener en cuenta que su manera de expresar el sufrimiento por la pérdida no suele ser un estado de tristeza y abatimiento como el de los adultos. Es más frecuente apreciar cambios en el carácter, cambios frecuentes de humor, disminución del rendimiento escolar, alteraciones en la alimentación y el sueño...
La persona fallecida puede, por un tiempo, convertirse en un padre o madre imaginario. Este comportamiento tiene que ser respetado como necesario para que el niño realice de forma adecuada el duelo.

NO ESCONDERNOS DE LOS NIÑOS PARA LLORAR

No es malo que los niños vean el dolor y la tristeza. No tengamos miedo de mostrar los propios sentimientos delante del niño (excepto manifestaciones violentas). No angustiarse porque nos vean tristes o llorando; al contrario, esto hará que el hijo se sienta más acompañado y se dé cuenta de que sus sentimientos también son compartidos por los seres que más quiere. Si ve que los adultos intentan esconder y disimular sus sentimientos, aprenderá pronto a no expresarlos y se sentirá solo con su dolor.

Cuando le mostramos lo que sentimos, el niño nos percibe más cercanos, y es más fácil que nos diga él también lo que le está pasando.

CERCA Y LEJOS

Permitirle estar cerca, sentarse a su lado, sostenerlo en brazos, acariciarlo, escucharlo, llorar con él... es importante para el niño pero también puede ser adecuado buscar momentos para estar separados: dejarlo solo en su habitación, dejarlo salir a jugar con un amigo... Si es necesario, tranquilizarlo haciéndole saber que estaremos ahí cerca por si nos necesita.

REACCIONES EN LOS NIÑOS ANTE LA MUERTE

Es necesario estar atentos a la aparición de algunos signos de alerta que, si bien en sí mismos no señalan una alarma, deberán ser consultados si se mantienen o si se agravan con el paso del tiempo.

Pérdida de interés por las actividades o acontecimientos de la vida cotidiana.
Dificultades para conciliar el sueño.
Pérdida de apetito o lo opuesto.
Miedo de quedarse solo.
Comportamiento regresivo (hacerse pis en la noche, hablar como un bebé...).
Imitación excesiva de la persona fallecida.

Expresiones repetidas del deseo de reencontrarse con el fallecido.
Actitudes hostiles peligrosas con el afuera o amenaza de daño a su propio cuerpo.
Fracaso escolar importante o negativa de ir a la escuela.
Negación, ansiedad, síntomas físicos o reacciones hostiles.
Sustitución, momificación, idealización y culpa.
Aislamiento.

UNA VEZ TRANSCURRIDOS LOS PRIMEROS DÍAS

Cuando se vuelve a la cotidianidad, será conveniente continuar hablando de la persona que ha muerto, recordarla, hablar de lo bueno que nos ha dejado, de sus gustos, de sus ilusiones..., y así posibilitaremos que siga viviendo, si bien de otra manera, en la mente y en el corazón de nuestros hijos, y ellos podrán ir elaborando el duelo por su pérdida.

Asegurarles que no olvidaremos a la persona fallecida.

RESUMIENDO

La principal diferencia entre la pena de un niño y la de un adulto es que la del niño puede aparecer de una manera más intermitente que en los adultos, pero el proceso dura mucho más tiempo. El proceso de duelo tiene que ser analizado varias veces durante el desarrollo de la vida de un niño.

Durante su proceso de crecimiento revivirá la pérdida con frecuencia, especialmente durante los eventos importantes en su vida (al ir de campamento, graduación de la escuela, matrimonio, el nacimiento de un hijo).

La muerte es una realidad que nos acompaña en nuestra vida. Desde que nacemos, todos sabemos que hemos de morir. Es un hecho natural, pero cuesta mucho tratarlo con naturalidad. Por eso hay que ir preparando el terreno para abordar y hablar de esta realidad con nuestros hijos.

Antes de que los hijos se encuentren con la realidad de la muerte de personas cercanas y queridas, hay situaciones y actitudes de la vida cotidiana que ayudarán al niño, desde muy pequeño, a irse acercando al hecho de la muerte: por ejemplo la muerte de un animal doméstico, para explicar que se ha muerto y que ya no volverá a vivir.

Los niños no reaccionan ante la pérdida de la misma forma que los adultos, y podrían no demostrar sus sentimientos tan abiertamente. Su comportamiento dice más que sus palabras. Los sentimientos de rabia y el miedo a morir o ser abandonados pueden ser evidentes en su comportamiento. Los niños tienden usualmente a jugar a hacerse el muerto para de esa manera sacar sus sentimientos y ansiedades de una manera segura. El jugar les es familiar, y por tanto seguro para ellos.

No ocultar ni mentir. El guardar silencio acerca de la muerte (lo cual indica que el tópico es tabú) no ayuda al niño a adaptarse a la pérdida. La explicación debe mantenerse tan simple y directa como sea posible. Las preguntas deben ser respondidas con honestidad, y con detalles suficientes para su nivel de comprensión. A los niños debe dárseles seguridad, ya que frecuentemente se preocupan de si van a morir también, o si es su otro padre quien va a morir. Las preguntas deben ser respondidas asegurándose de que el niño procese la información.

EL DUELO EN EL ADOLESCENTE

> *Cada cambio que sigue al reemplazo de un elemento del sistema simboliza la muerte del sistema mismo, siendo el objetivo primordial establecer un nuevo sistema nacido del viejo.*
>
> D. GRAVES

La adolescencia suele ser ya una etapa difícil.

El adolescente tiene que hacer frente a la pérdida de un ser querido, al mismo tiempo que hace frente a todos los cambios, dificultades y conflictos propios de su edad.

Aunque exteriormente parezca ya un adulto, el desarrollo del cuerpo no va siempre a la par con la madurez afectiva. Es por eso que necesita todavía mucho apoyo afectivo para emprender el doloroso y difícil proceso de duelo.

Podemos pensar que entonces puede encontrar alivio y ayuda en sus amigos. Pero cuando se trata de la muerte, salvo que se haya vivido una situación similar, los amigos se sienten impotentes y pueden ignorarlo totalmente.

Por otra parte, atravesar un período de desvalorización y cuestionamiento de sus padres es una forma normal, aunque difícil, de separarse de ellos. Si desafortunadamente su padre o su madre fallecen mientras está alejándose física y emocionalmente de ellos puede experimentar un gran sentimiento de culpa, y la necesidad de separarse que experimentaba puede hacer el proceso de duelo más complicado.

Muchas veces el adolescente, aunque sufra intensas emociones, no las comparte con nadie, porque se siente, de alguna manera, presionado a comportarse como si se las arreglara mejor de lo que realmente lo hace.

Después del fallecimiento de su padre, su madre o de su hermano se suele pedir que sea fuerte para sostener al otro padre. Pobre, no se siente capaz de sobrevivir a su propio dolor y además se le exige que sostenga a otros.

Este tipo de conflicto puede tener como resultado que el adolescente renuncie (duelo aplazado o congelado) a vivir su propio duelo y transforme el proceso en rabia, miedo e impotencia... la antesala de empezar a preguntarse por qué y para qué vivir.

SIGNOS QUE INDICAN QUE UN ADOLESCENTE NECESITA MÁS AYUDA

Como hemos visto, son varios los motivos que determinan que el duelo en el adolescente sea más difícil. Algunos adolescentes pueden incluso mostrar un comportamiento inoportuno o preocupante.

Vigilar los siguientes comportamientos:

- síntomas de depresión
- dificultades para dormir
- extrema impaciencia
- baja autoestima
- fracaso escolar
- indiferencia hacia actividades sociales
- deterioro de las relaciones familiares
- práctica súbita de deportes de riesgo
- abandono de los amigos de la infancia
- conductas riesgosas como conducir sin precaución
- abuso del alcohol y otras drogas
- peleas de noviazgo, rupturas
- relaciones sexuales descuidadas o promiscuas
- negación del dolor
- alardes de fuerza y madurez.

Como en todos los casos se impone, frente a la complicación, la recomendación de un diagnóstico profesional.

CARTA AL NOVIO ESCRITA POR UNA ADOLESCENTE QUE ACABA DE PERDER A SU PADRE:

Por favor, quiero que sepas que yo necesito que me sostengas. Quizás no te pida ayuda porque estoy muy aturdida, pero preciso saber que estás ahí.

Debés saber que yo no espero que me hagas sentir bien ni que desaparezca mi pena. En este momento nadie puede. Lo que necesito es que me ayudes a calmarme, que aceptes mi dolor tolerando tu impotencia de no poder ayudarme.

Si no podés llamarme porque no soportás mi dolor o tu impotencia, decímelo. Yo lo voy a entender mejor que si pusieras excusas de todo tipo.

Espero que puedas entender mi enojo. No sos vos ni los demás los que me enojan. Es la pérdida de quien quería. Perdoná mis insultos y mis malos modos un tiempito más...

No trates de evitar mis lágrimas. Verme llorar puede ser duro para vos, pero es un modo saludable de expresar un poco de mi pena. Llorar es bueno para mí, si querés quedarte por favor tratá de sentarte a mi lado y mirarme llorar, no necesito que llores conmigo pero no me interrumpas.

No trates de consolarme comparando mi pérdida con otras peores. Mi pena es mía e intransferible.

Entendeme si no puedo compartir momentos felices que estás viviendo. Me gustaría poder.

No me digas que lo que sucedió fue "porque Dios lo quiso". Oír esto no me consuela en este momento y sólo agrega confusión espiritual y desolación a lo que siento.

No me digas: "Fue lo mejor que podía pasar".

No me digas: "Sé cómo te sentís". Nadie lo sabe. Por favor, sólo preguntame cómo me siento hoy.

Proponeme cosas concretas... un almuerzo, una tarea hogareña, una hora libre. Yo estoy demasiado herida para poder pensar más allá de hoy o para decidir un programa atractivo.

No me pidas que "deje esto atrás, que olvide y que siga adelante con mi vida".

Esta es mi vida.

Necesito hacer el duelo. Necesito ser yo, y no necesito ni quiero olvidar, sólo encontrar una manera de recordar en paz.

Abrazame, tocame, decime que podés cuidarme y acompañarme en este camino.

El camino de las lágrimas es tan árido y fantasmal que me asusta recorrerlo sin vos.

Admití mi dolor sin resistencias.

Aceptá mi duelo sin interferir y siempre recordaré el amor que me ofreciste.

ACOMPAÑAR AL QUE VA A MORIR

> *The ultimate gift of love is letting someone die in their own way.*

Idealmente, las decisiones que afectan la etapa final de la vida deben ser tomadas antes de que surja la necesidad. Aunque estos temas no sean placenteros o fáciles de tratar, si las personas tienen sentimientos definidos acerca de estas decisiones, deben dejarlos saber, y para esto necesitan ayuda. Pero debido a la naturaleza sensible de estas decisiones, casi nunca es el caso. Se crea una "conspiración del silencio" que pospone o prohíbe que se hable del asunto. Los pacientes no quieren preocupar a sus familias; la familia tiene miedo a que el paciente se deprima o se dé por vencido, los doctores se sienten incómodos de abordar el tema y no quieren preocupar al paciente y a la familia. Las personas siempre piensan que hay mucho tiempo por delante para hablar acerca de eso. Pero cuando llega el momento de tomar estas decisiones, o no se hace, o las decisiones son asumidas por personas que no saben los verdaderos deseos del paciente.

De todas maneras lo más significativo del acompañamiento es, como su nombre lo indica, la presencia: estar cerca en los muchas veces difíciles momentos finales.

Después de haber sostenido la posición de avanzada como la misión encomendaba, el sargento había ordenado la retirada.

Las tropas enemigas se acercaban y había que regresar a las propias filas entre la metralla y el bombardeo.

A la carrera la mayoría de los soldados se zambulló en la trinchera del lado seguro.

—Sargento —dijo Antonio—, Pedro no está.

—Cuánto lo siento —contestó el sargento—, debe haber caído durante la retirada.

Antonio agarró el fusil y se puso de pie.

—¿Qué hace soldado? ¡Agáchese inmediatamente! —ordenó el sargento.

—Voy por él —dijo Antonio.

—¡Quédese donde está! —ordenó—. Aun cuando pudiera encontrarlo, no tiene sentido correr ese riesgo. Lamentablemente Pedro ha sido alcanzado por las balas del enemigo.

—No le estoy pidiendo permiso —dijo Antonio y empezó a correr hacia la zona que acababan de abandonar.

—¡Soldado! —gritó inútilmente el sargento—. ¡Soldado!

Media hora después, cuando todos lo daban también por muerto, Antonio regresaba arrastrándose con una bala en su pierna y una chapa de identificación apretada en su mano derecha. Era la placa que había arrancado del cuerpo sin vida de Pedro.

El sargento saltó de la trinchera para ayudar a Antonio a llegar. Mientras lo empujaba literalmente dentro del enlodado lugar le gritaba a los enfermeros que le pusieran un torniquete en la herida para detener la hemorragia.

—Te dije que no valía la pena —le dijo mientras señalaba la placa de metal.

—Valía —dijo Antonio.

—No entiendo, de todas maneras está muerto y ahora te tengo herido gravemente. Podías haber muerto.

—¿Sabe, sargento? —dijo Antonio—. Cuando lo encontré todavía vivía... me acerqué y le tomé las manos. Él abrió los ojos y me miró... Casi sonrió... valió la pena, antes de morir en mis brazos me dijo "sabía que vendrías".

CAPÍTULO 10. EPÍLOGO Y PASAJE

*El que muere no puede llevarse nada de lo que consiguió
pero se lleva, con seguridad, todo lo que dio.*

PADRE MAMERTO MENAPACE

La medida del mejor aprendizaje para manejar las pérdidas en nuestras vidas será la medida de nuestra salud y felicidad.

Este desafío empieza enfrentando las pérdidas como lo que son, una parte normal de la vida de la cual no se debe evitar hablar.

Este ha sido el propósito de este libro, ofrecernos una oportunidad para desarrollar una nueva actitud y un nuevo entendimiento de los pequeños y grandes duelos en nuestras vidas, sobre todo en el hecho de avalar las manifestaciones de dolor mostrándolas sin disimulo ni ocultamiento.

Cada relación interhumana es transitoria.
Cada pareja termina de una o de otra manera.
Cada carrera se acaba.
No todas las metas se alcanzan.
El paso del tiempo es inevitable.
Todas las vidas llegan a su fin.

El duelo es pues una emoción apropiada y pertinente. No es una mala palabra, ni la expresión de la debilidad de alguien frente a una muerte.

El duelo no es una emoción para intentar evitar a cualquier precio ni un lugar para pasar a los apurones tratando de que duela menos.

Recuperarse de un duelo necesita tiempo. El proceso de elaboración no se asemeja a la recuperación de un resfrío. Un duelo NO ES una enfermedad pero suele ser un peso.

Los grupos de ayuda son quizás el mejor recurso. Uno de ellos tenía un gran cartel en la entrada de su lugar de reunión:

Bienvenidos los tres: vos, tu risa y tus lágrimas

Con un duelo se aprende la experiencia de vivir ese duelo, que quizás no sirva demasiado para el próximo.

Sin embargo hay cuatro conceptos indiscutibles sobre el duelo:

I. El único camino para terminar con las lágrimas es a través de ellas.

II. Nadie puede recorrer el camino por vos.

III. Es la idea de que el dolor de la pérdida es insoportable, lo que hace pesado el recorrido.

IV. Los duelos efectivos difícilmente se recorren en soledad.

El paso por el camino nos dejará más resueltos, maduros y crecidos, más allá de lo difícil que nos haya resultado el recorrido. La manifestación de la elaboración es la resignificación de lo perdido o la transformación del dolor en fecundidad.

Dejame que te regale un último cuento.

Con toda seguridad uno de los cuentos más tristes y más bellos que recuerdo: La historia de Guedalia el leñador.

En un pueblito judío de Polonia su gente se preparaba para la más sagrada de sus festividades:
Iom Kippur. El día del perdón.

Al salir la primera estrella y como todos los años el pueblo casi desaparecía entre las montañas porque nadie hacía otra cosa que estar en el templo rezando y ayunando para asegurar así que el buen Dios los inscribiera a cada uno y al pueblo entero en su libro para un buen año.

Durante todo un largo día ningún judío observante comía, ni bebía, ni trabajaba, ni se divertía. Sólo se consagraba a la oración.

Estaba oscureciendo cuando el último de los jasidim del pueblo llegó jadeante al templo gritando:

—Rabino... Rabino.

—¿Qué pasa? —dijo el Baal Shem Tov.

—Tenemos un problema gravísimo. Hay que solucionarlo. Dios nos va a castigar. El pueblo entero volará por el aire con su furia...

—Cálmate... ¿Qué es lo que pasa?

—Yo venía apurado para el pueblo y para llegar a tiempo crucé por el camino de la montaña y pasé cerca de la cabaña de Guedalia... Y allí estaba el gigante frente a una gran mesa llena de comida y bebida dispuesto a darse un atracón de alimentos que le llevaría más de veinticuatro horas tragar. Yo pensé que él no se había dado cuenta del día o de la hora, así que me acerqué a saludarlo y advertirle. Pero apenas me vio llegar y antes de dejarme hablar me gritó:

"Ya sé que estamos empezando el Iom Kippur, pero yo como cuando quiero y cuanto quiero. ¡Fuera de aquí!"

—Y yo vi brillar la furia en sus ojos y pensé que debía contártelo a ti. Tú eres el Rabino de este pueblo y tú debes salvarnos de la ira de Dios por esta ofensa.

—¿Qué pretendes que haga? Empieza Kippur, hablaré con él el lunes...

—Estás loco, ¿cómo el lunes? ¿No te das cuenta? Para el lunes Dios puede destruir toda la región.

—No, no, no, no —agregaron todos los demás.

—Tienes que ir ahora para salvarnos a todos de ese salvaje que nos quiere matar. Mientras tanto rogaremos a Dios que tenga paciencia hasta que hables con él y no destruya este pueblo por los pecados de Guedalia.

El Baal Shem Tov agarró su vara de caminar y se dirigió al bosque donde estaba la cabaña del leñador.

Desde lejos se veía la gran mesa de madera llena de carnes y frutas y verduras iluminada con lámparas de aceite. Al llegar, la noche había caído y el día del perdón había empezado. En efecto, Guedalia estaba comiendo como si nunca hubiera probado bocado. Era impresionante. El leñador era realmente un gigante, tan alto como un pino, tan ancho como un ombú, tan fuerte como un roble. Y allí estaba esa mole comiendo y bebiendo casi sin parar para respirar.

—¿Qué pasa, Guedalia? ¿Por qué estás comiendo el día de hoy, que es el día del perdón? Puedes comer todos los otros días pero hoy podrías acompañarnos en nuestro ayuno.

—No —dijo Guedalia.

—¿Por qué no, Guedalia? ¿Te hemos ofendido?

—No tengo tiempo para conversar, Rav. Tengo todo esto para comer y mañana ya debo volver a trabajar...

—¿Por qué dices que debes comer toda esa comida?, ¿cuál es la necesidad de comer tanto?

Guedalia siguió comiendo desesperadamente sin contestar una palabra.

Baal Shem Tov se sentó en el suelo en silencio y comenzó a rezar.

Así se pasaron toda la noche y todo el día siguiente. Ninguno de los dos durmió. Uno rezando y el otro comiendo.

Finalmente la primera estrella apareció de nuevo en el horizonte y el Baal Shem Tov se levantó y se acercó a Guedalia.

La mesa estaba vacía salvo por algunas migas de pan que se habían escapado a la voracidad del único comensal.

El Rabino lo miró sin decir nada y Guedalia le habló:

—Un día cuando yo tenía diez años mi padre me llevó con él al bosque. Estaba intentando enseñarme a usar el hacha. Habíamos ido con nuestras dos mulas cargadas de provisiones, unas mantas y las hachas al hombro. Todo sucedió tan rápidamente... Cuatro cosacos aparecieron de la espesura, agarraron a mi padre y empezaron a revisar las alforjas de las mulas buscando licor y comida. Después de adueñarse de lo que quisieron empezaron a burlarse de mi padre. Lo empujaban e insultaban tirando de su barba y pateándole el trasero. En un momento uno de ellos dijo: "Danos la plata que tengas".

Mi padre pobre nunca tenía más que unas monedas de cobre en el bolsillo, así que las sacó y se las dio. "¿Esto es todo, basura?, ¿esto es todo lo que tienes?" le dijeron. "No te mereces seguir viviendo".

Y entonces entre tres lo ataron a un árbol mientras el otro me sujetaba en el aire con una mano y me decía "Mira y aprende, pequeño judío, aprende"...

Rociaron a mi padre con un poco de aceite y le prendieron fuego...

Mi padre era pequeño y delgado y se consumió en un instante, casi sin llama.

Los cosacos se fueron.

Y ese día yo juré que durante el resto de mi vida yo iba a comer tanto, iba a ser tan grande, iba a juntar tanta grasa como para estar seguro de que si alguna vez algo igual me pasaba yo iba a arder tan intensamente, iba a largar un humo tan negro, que desde cualquier parte del mundo se vería la columna de humo espeso y todos sabrían que en ese lugar estaban quemando a un hombre.

El Baal Shem Tov se acercó a Guedalia, lo besó en la frente y volvió al pueblo.

Cuentan que desde entonces el Rabino solía decir:

—*Si alguna vez este pueblo se salva de alguno de los castigos de Dios, que todos sabemos que se merece, si se salva les digo... será gracias a Guedalia.*

El final del camino de las lágrimas es este.

Miramos hacia atrás y nos damos cuenta de las dificultades soportadas hasta aquí.

Miramos hacia adelante y sabemos que estamos en mejores condiciones de enfrentarnos con el más importante de los caminos, el que conduce a la felicidad, el camino del propósito.

BIBLIOGRAFÍA

Aries, Philippe: *El hombre ante la muerte*
Beauvoir, Simone de: *La fuerza de las cosas*
Beauvoir, Simone de: *La vejez*
Burnell, D.: *Clinical Management of Bereavement*
Chateaubriand, P.: *La vejez es un naufragio*
Corr/McNeil: *Adolescence and Death*
Cosby, Bill: *El tiempo vuela*
Cousin, Norman: *La voluntad de curarse*
DeSpelder/Strickland: *The Last Dance: Death and Dying*
Doka, Ed.: *Children Mourning, Mourning Children*
Doka, Ed.: *Illness: A Guide for Patients, Their Families and Caregivers*
Dopaso, Hugo: *El buen morir*
Fitzgerald, H.: *The Grieving Child: A Parent's Guide*
Freud, Sigmund: *Consideraciones sobre la vida y la muerte*
Freud, Sigmund: *Correspondencia a Lou Andreas-Salomé*
Glaser, B. & Strauss, A.: *Time for Dying*
Glick, Weiss, Parkes: *The First Year of Bereavement*
Grollman, E.: *Talking About Death: A Dialogue Between Parent and Child*
Kastenbaum, R.: *Death, Society and Human Experience*
Kripper, Daniel: *La muerte, el duelo y la esperanza*
Krishnamurti, J.: *El vivir y el morir*
Kübler-Ross, E.: *On Death and Dying*
Kübler-Ross, E.: *La rueda de la vida*
Kübler-Ross, E.: *Preguntas y respuestas a la muerte de un ser querido*
Lake, Tony: *Living with Grief*
Lacan, Jacques: *Seminario La Ética*
Manoni, Maud: *La última palabra de la vida*
Manoni, Maud: *Lo nombrable y lo innombrable*
Minois, Georges: *Historia de la antigüedad al renacimiento*

Nabe, C.M./Corr, D.M.: *Death and Dying, Life and Living*
Osho: *La muerte, la mayor ficción*
Osho: *Los tres tesoros del Tao*
Parkes & Weiss: *Recovery from Bereavement*
Rando, T.A.: *Treatment of Complicated Mourning*
Schaefer, D./Lyons, C.: *How Do We Tell the Children?: Understand and Cope with Grief*
Schnake, Adriana: *El lenguaje del cuerpo*
Slaiken/Lawhead: *El factor fénix*
Shuchter, Z.: *Treatment of Spousal Bereavement: Multidimensional Approach*
Silverman, Pr.: *Widow-to-widow*
Sófocles: *Edipo en Colona*
Tiffault, B.W.: *A Quilt for Elizabeth*
Viorst, J.: *The Tenth Good Thing About Barney*
Viorst, J.: *Control imperfecto*
Walker, A.: *To Hell with Dying*
Waslawick, P.: *Someone Dies*
Wass, H./Corr, C.A.: *Childhood and Death*
Wolfelt, A.: *Helping Children Cope with Grief*
Worden, W.: *Children and Grief: When a Parent Dies*
Worden, W.: *Grief Counseling and Grief Therapy*

ÍNDICE

Hojas de Ruta 9

La alegoría del carruaje III 13

Capítulo 1. Empezando el camino 17

Capítulo 2. Un camino necesario 37

Capítulo 3. Tristeza y dolor, dos compañeros saludables 67

Capítulo 4. Qué es el duelo 77

Capítulo 5. Etapas del camino 93

Capítulo 6. Después del recorrido 115

Capítulo 7. Duelos por muerte 135

Capítulo 8. Otros duelos 167

Capítulo 9. Ayudar a otros a recorrer el camino 187

Capítulo 10. Epílogo y pasaje 213

Bibliografía 219

Esta edición de 4.000 ejemplares
se terminó de imprimir en
Kalifón S.A.,
Humboldt 66, Ramos Mejía, Bs. As.,
en el mes de noviembre de 2004.